道なき未知

Uncharted Unknown

MORI Hiroshi
森 博嗣

KKベストセラーズ

道なき未知

Uncharted Unknown
MORI Hiroshi

森博嗣

目次

第1回　道を探しているだけで良いのか

カーナビで消える道

僕は山奥に住んでいるので、ドライブに出かけたとき、普段走っている道がカーナビのディスプレィから消えてしまうことがある。車がその道を通っているときはさすがに消えないが、大きな道に出ると途端に今まで走っていた道が消えるのだ。

怪しい道だからかもしれない。車が停車すれば見えるのだが、走りだすと消えてしまう。きっと設定で変えられるのだろうけれど、説明書を読まずに使っているからこうなる。

道があると便利だ。道は、親切に目的地まで連れていってくれる。似た表現で「レールが敷かれている」ともいうが、この表現は素晴らしい意味には使われない。なんとなく、将来が決まっていて安心な反面、面白くない、といった響きがある。

ところで、僕はほとんど車で移動をするので、滅多に鉄道に乗らないのだけれど、自分の庭に小さな鉄道を敷いている。小さいといっても普通の鉄道模型よりはずっと大きくて、ちゃんと人が何人も乗れるし、重いものも運べる。実物の四分の一から六分の一といったサイズだ。この線路は、僕が一人だけで土木工事をした。樹を避け、勾配の緩やかなところを吟味して通した。まだ完成していないものの、今でも三百メートルほど走ることができる。

線路を自分で敷くとわかるのだが、自然の地面にはもともと道というものはない。当たり前のことだけれど、これは凄い発見だと感じた。

そして、僕が作った鉄道は、カーナビにも出ないし、グーグルの地図にも現れない。

つい道を探してしまう

なにをしても上手くいかない、と悩んでいる人は、ほとんどの場合「道」を探している。上手くいく方法はないか、成功した人が知っていて自分は知らない方法があるにちがいない、と。しかし、そうではないと思う。成功すると、そこに道ができるけれど、それはほかの者が通っても同じような成功へは辿《たど》り着けない。本や雑誌に書いてあるノウハウというのは、参考にはなるものの、それで必ず上手くいくというものではない。どこに問題があるのかといえば、それは「道を探そうという姿勢」にある。積極性は立派だが、自分の道というのは、探すのではなく、自分で築くものだからだ。

とまあ、そういう概念的なこと、抽象的なことを書いても、ピンとこない人が多いことと思う。僕自身は具体的なものが大嫌いで、抽象的なものをいつも求めている。けれど、世の中は大半は、具体的でないと話さえ聞いてもらえないようなのだ。

たとえば「どんな仕事をしたいのか」と尋ねると、ほとんどの人は既に存在する職種を具体的に答える。さらに、自分の知った人が実際にしているものが、憧れの仕事として認識されている。そんな場合が多い。

世の中で大成功をして大金持ちになった人というのは、たいてい、それまでなかった仕事を始めた人である。誰もやっていなかったことを発想して実行したのだ。これなんかが、道のないところへ踏み出したフロンティア精神といえる。

都会には道が沢山あって、道以外のところは歩けない。それは、都会が「お膳立てされた場」だからである。同様にゲームなども、作者が想定した道しか選択できない。こういう世界では、隠された道とか、お得な情報、みたいなものが仕込んであって、その情報が価値を持ち、売られていたりする。

だから、そういう情報を買って、損をしないようにしよう、と今の人たちは考えている。都会とゲームの中ではそのとおりかもしれない。でも、現実の世界をよく見てみよう。世界には、都会でないところの方がはるかに広い。現実はゲームのようにお膳立てされていない。それなのに「道」を探すことに必死になっていると、すぐ目の前にあるチャ

庭園鉄道は毎日運行している。

ンスを逃すことになる可能性がある。

僕は何様か

いきなり最初から偉そうなことを書いてしまった。僕の特徴は、空気を読まないことだ。実は、空気が読めないわけではなく、空気を読んだうえで、あえてそれに反発する方向を目指す天《あま》の邪鬼《じゃく》なのである。

僕は四十七歳までは国立大学の工学部に勤めていた。研究と教育が仕事だった。三十八歳のときに突然小説を書いてみたら、人から小説家と呼ばれるようになった。年収が一気に二十倍になったけれど、しばらくは研究が楽しかったので続けていた。でも、歳を取るにしたがって、会議が増えて、つまらない仕事の割合が多くなった。もう一生食べていくだけの貯金ができたので、大学を退職し、小説の仕事も新しいものはお断りしている。ようするに隠居生活だ。そういう五十を越えた年寄りがこれを書いているのである。

第2回　情報とは何か？

情報に敏感でありたい

情報というのは、生ものである。自分から採りにいったものは、生きた情報だが、誰かからもたらされた場合は、ほとんど死んでいる情報だと考えて良い。死んでいても、まだ食べられるくらいに新しければ、それで充分だろう、というのが一般的な考え方のようである。

日本では信じられないことだが、ある国へ行くと、たとえば食品店で鶏が生きたままで売られている。死んだ鶏を買う人はいない。食べるまえに自分で鶏を殺すのが常識なのだ。同様に、情報も自分の中に取り込まれた瞬間、あるいはその直前に殺される。情報は死んだもの、固定されたものになって認識される。その後は変化しない。他者を介した情報が死んでいるのはこのためだ。

さて、よく情報が手に入らない状況が訪れる。たとえば大災害があったときなどは、情報がなかなか伝わってこない。大きな震災があると半日くらいは何が起こったのかわからない。ここから学べるのは、「情報がない」こと自体が既に、非常に重要な情報だということである。伝わってくるはずのものが来ないのだから、並大抵のことではない、という重大な判断ができる。

逆に、馬鹿に大袈裟に（しかも必要以上に繰り返し）伝えられる情報は、実は大したものではない。大騒ぎさせて、誰かが儲けようと仕掛けているだけのことで、慌てるような事態ではない。「もうすぐ〇〇が品薄になるから今のうちに買っておけ」といった情報は、まちがいなく宣伝である。真に受けると、高いものを買わされるだけだ。

こんなことからもわかるように、情報に敏感であれというのは、情報を沢山取り込めという意味ではなくて、情報の殺し方に注意した方が賢明だ、ということである。

生きている人間は情報ではない

ところで、「自分は何者か」ということを早くはっきりさせたい、というのが若者の傾向である。これは、自分の「情報化」といえる指向だ。「自分らしくありたい」というのも同じで、ようするに自分を明確にしたい。明確にすれば、なんとなく自分が確立できるような気がする。いわゆる「ぶれない」ものに憧れている結果だろう。

近所のサイクリングコースは
未舗装。

僕もそうだった。四十代になるまではシンプルなものを求めて、無駄なものを極力排除して生きてきた。でも、それは間違いだった。

生きているうちは、どうしたって単純にはならない。決まりきった形にはならないのである。好きなものがずっと好きなわけでもなく、どんどん興味は移り、生き方も変わるし、自分の将来ビジョンだって定まらない。今だって、僕はふらふらしている。ただ、今はふらふらしていることが悪いとは感じなくなった。

人間が情報となるのは、死んだときである。死んだときに、その人はどういう人だったかが決まる。誰だって、死ねば確固たる人になれる。もう絶対にぶれることはない。

これはつまり、生きているうちは「未知」だということだ。

生き方を求め、道を探している人は、間違っているわけではないけれど、しかし、そんなものが本当に見つかると思えるのは、つまり死ぬ間際のことで、もう生きられないと決まったときに、「ああ、これが私の生き方だったのか」とわかるものなのではないだろうか。死ぬときになって初めて、自分が歩いてきた道の全貌が見える。もうその先がないから、道が定まるというわけだ。

禅問答か

またまた抽象的になってしまった。具体的なことは、誰にでも理解ができるが、抽象的な話は、抽象化できる人、あるいは内容を自分の人生に当てはめて展開できる人にしか通じない。それはつまり「聞く耳」を持った人という意味になる。

方向性のヒントというのは、そういう聞く耳を持った、情報に敏感な人にしか捉えられない。なにか自分にとって役に立つものはないか、と探している人は、ヒントを展開して、自分の道筋を見出すことになる。そうでない人は、「ここには自分を導いてくれる地図はない」と早々にそっぽを向いてしまう。

自分の道を見つけ出すかどうかは、つまり「未知」なるものに耳を傾け、それらを自分の条件に展開して、自分のために活かそうという姿勢があるかないかによる、そこで明暗が分かれるのではないか。ちなみに、僕はこの「明暗が分かれる」という言葉があまり好きではない。暗いのがけっこう好きだからだ。

繰り返そう。多くの情報は死んでいるものであって、それはそのままでは活かせない。単なるヒントでしかない。それを生き返らせるには、「想像力」という人間だけが使える魔法が必要なのである。

第3回　万能の秘訣を教えよう

なにもやる気が起きない

　つい怠けてしまう。やらなくてはならないことを目前にして、ついサボってしまう、という人は少なくない。若いときに特に多いかもしれない。そういう状態が病気だと悩む人もいて、どんどん悪化することもある。ただ、まず認識してほしいのは、それは異常ではなく、誰もが持っている「人間の基本的傾向」であって、みんなが普通に陥る状態だということだ。どんなに偉い人でも、そうなるときがあるだろう。総理大臣だってときどき怠けたり、サボったりしているはずだ。そのリカバリィが上手いか下手かという違いがあるだけである。

　この「やる気のない」状態から脱するための道は、けっこう簡単なのだが、多くの人が間違えて、失敗してしまうのは、ひとえに「やる気を出す」ことが唯一の解決だと思い込んでいるせいだと思う。

沢山の本に「やる気が肝心だ」と書いてあるし、先生も先輩も「やる気がないならやめちまえ」と叱るのである。僕は、必ずしもそれが正しいとは考えていない。

というのは、やる気を出すことよりも、実際にやることの方が簡単な場合があるからだ。それなのに、素直な若者は、やる気を出そうと無理をする。たとえば、「仕事を好きになろう」と努力するのも同じだ。でも、仕事を好きにならなくても仕事はできるし、やる気がなくても、やることはできることに気づいてほしい。こんな単純な発想の転換で、事態が解決することがある。そう、やる気なんかどうでも良いから、とにかくやってみてはどうだろうか。

なにをやっても駄目だ

「なにをやっても上手くいかない」と悩んでいる人も多い。そういう人から相談を受けることがある。でも、当人に「たとえば、何をやったの？」と尋ねると、答えられるものがあまりにも少ない。一つしかやっていなかったり、せいぜい二つか三つなのだ。たったそれだけのことで、「なにをやっても」と言えるのだろうか。そうやって悩んでいることも、やっていることの一つではあるけれど、悩み続ける時間があれば、もっとやれることがあるはずだ。「なにをやっても上手くいかない」ことを証明するために、なんでもやってもらいたいものである。

説教くさくなるからあまり直接は言わないことにしている。誰だって、他人から言われてやりたくはないだろう。だから、このように抽象的に言葉にして示しておくしかない。そして、またしてもこの言葉は、聞かなければならない人には届かない。ようするに、馬鹿な者は皆を馬鹿にして終わり、賢い者は馬鹿を見て学ぶから、さらに賢くなる。こういう傾向があるから格差ができるというわけか。まあ、人生とは、そんなもの。救いようがない、とはよく言ったもので、本当に自分を救えるのは自分だけである。そして、どんな場合にも、どんな悩みにも、あるいは、誰にでも通用するアドバイスはたった一つだけだ。

それは、「やれば」である。

やれば良いのだ。やるだけなのだ。ほかに道はない。今直面していること、やりたくないこと、それをやれば良い。やる気なんか出す必要はない。いやいややれば良い。泣く泣くやれば良い。それだけのこと。やりさえすれば、それであっさり解決し、だんだんやる気も出てくる。

癖のようにする

ものを作る人は知っていることである。どんなに難しく、どんなに面倒なものであって

庭園内は
もう雪景色。
氷点下でも
外で遊びます。

も、少しずつやれば、必ず完成する。自分一人で家を造る人もいる。自動車を作ってしまった人もいる。音楽も作れるし、絵も描ける。小説だって書ける。誰だって書けるのだ。もし、人によって能力に差があるとしたら、それはスピードの差だ。百メートルを九秒台で走れる人はざらにいない。天才しかできない。しかし、凡人でも数秒長くかければ百メートルくらい到達できる。さらに言えば、その時間をかけようとせず、自分には才能がないから、と走らないのが大多数の凡人である。たまたま走ってみた凡人が成功者となる、というだけのこと。

僕は今、新しい機関車を作っている。金属をヤスリで削り、ドリルで穴をあけ、組み立てている。一つの部品を作るのに数日かかる。部品は何百とあるから、ざっと計算しても完成するのは数年後のことだ。それまで生きているかどうかも怪しい。それでも毎日やることにしている。今日やらないと明日後悔することになるだろう。ちなみに、少し疲れたら、小説を書く。小説は長編でも二週間くらいで書き上がってしまう。

どんな成功も、幸運や才能だけで辿り着けるものではない。ただ毎日こつこつと進む一歩によってしか近づけない。

第4回　時間の第一法則

時間はあればあるほど良い

良い仕事をするために一番大切なことは、時間的余裕を持つことだ。〆切間際の短い期間に集中してやった方が良いと主張する人がいるけれど、それは大した仕事ではない証拠といっても良い。過去を振り返ってみればわかる。どんな偉業も、緻密な計画のもと、こつこつと日々積み重ねて、ときには大勢が力を合わせ達成されたものである。たとえば、ピラミッドを思い浮かべてほしい。〆切間際にえいやっと作ったものなど歴史に残るはずがない。

したがって、できるかぎり早く物事をスタートさせる。徹夜などせず、コンスタントに時間を使う。こういう計画ができない仕事環境というのは間違っている。トップが悪い、と考えても良いだろう。

ただし例外はある。というのは、仕事というものは一般に、自分から発生するわけではなく、上から命じられるものが多い。その場合、依頼された時点で既にぎりぎりということが珍しくない。これは依頼した方が悪いのだが、悪いと指摘してどうなるものでもないし、たいていは文句が言えない。こういうときは、精一杯の結果を出しておき、「この時間ではこの程度が限界ですね」と釘をさしておくしかない。

努力よりも結果

さて、世の中には「努力をすれば報われる」という信仰がある。たぶん、幼稚園か小学校の先生がそうやって子供を褒《ほ》めたか慰《なぐさ》めたかしたのだろう。それくらい小さい子供は、かけっこでも一生懸命走れば、それで良い子なのである。しかし、大人になったら、良い子だからといってすべてが許されるわけではない。料理人は美味しいものを作ってはじめて評価される。いくら努力をしようが、血の滲む苦労をしようが、前日徹夜だろうが、妻が癌で入院していようが、もの凄い理屈があったり、もの凄い珍しい食材であっても、料理が不味《まず》かったら台無しなのだ。結果がすべて。それがプロの世界の評価というものである。

だから、けっして時間をかけたことが偉いわけではない。ただ、時間をかけた方が良いものができる確率が高いというだけのこと。

仕事場は
キーボードの周りも
おもちゃでいっぱい。

本当の達人とは、けっして一発勝負のようなやり方をしない。偶然良いものができることなど期待していない。回り道と思えるほど面倒であっても、誰にもできそうな簡単な方法を採用する。面倒くさい道が最も失敗が少ないと知っているからだ。神業とは、手間をかける方法のことである。達人は努力などしない。ただこつこつと時間をかけて仕事をする。その余裕こそが、常に高い品質を保つ結果を生むのである。

〆切よりもまえに

さて、僕は今は作家が本業になってしまった。といっても、一日に一時間しか仕事をしない。僕は、一時間に六千文字を打つことができる。一冊の本は、短いものなら十日で書ける。小説の方が文章は簡単で、長編でも一冊二週間もあれば書き上がる。ただし、一時間ぶっ続けで書くわけではない。そんなことをしたらたちまち腱鞘炎《けんしょうえん》になるだろう。だいたい十分ほど書いたら、庭に出て遊んだり、工作をしたり、別のことをする。一時間を五、六回に分けて書くわけである。ほかのことをしている間は執筆内容についてはまったく考えない。頭も手と同じように休んでいるからだろう。

このように、一日で書ける量が決まっているので、一年以上さきまで予定をすべて決めていて、〆切の近い仕事は引き受けない。執筆だけではなく、本が出版されるまでには、いろいろチェックをする作業がある。執筆よりもこちらの方が二倍くらい時間が必要なのだ。これも予定に組み入れている。だいたい毎月一冊は自分の本が出るからけっこう忙しい。それでも、休日も盆も正月もなく、毎日一時間と決めてこつこつと仕事をしている。

僕はこれまでに一度も〆切を遅れたことがない。本誌の原稿も〆切の二週間以上まえに送っている。病気や怪我をしたり、たとえ大災害があっても、二週間あればリカバできる、という余裕を見ているからだ。

大事な約束の時間に遅れてくる人がいる。「電車が遅れまして」と言い訳をするのだ。「おや、この人は電車が絶対に遅れないものだと認識しているのか。そんな現状把握力では、なにをやっても成功しないだろうな」と僕は思うのである。

第5回

時間の作り方

時間ほど貴重なものはない

タイム・イズ・マネーという言葉があるけれど、とんでもない。金よりも時間の方がはるかに大切だ。金は作ることができるが、時間は最初に与えられたものから減る一方である。有効に使っても無駄に使っても、とにかく減る。ようするに、時間は「使わない」ことができないのだ。本当にどうしようもない、と思いがちだが、しかし、ある程度なら「やりくり」できる。

簡単なことだ。無駄な時間をできるかぎり減らす、ということしかない。これは口で言うのは簡単。誰でも知っている。ぐだぐだとしただらしない人間でも、「ああ、無駄な時間を過ごしてしまったな」と自覚するくらいはできるもの。それなのに、なんとなく、なにもしないまま時間が過ぎてしまう。

やりたくないことが目の前にあると、腰が重くなって、無駄な時間を過ごしがちになる。逆に、どうしてもやりたいことがある人間は、なんとか時間をやりくりして、それをしようと努力する。努力しているつもりさえない。自然に積極的になっている。それこそ、寝る間も惜しんで、という状態だ。

ところで、徹夜をして仕事や勉強をする人がいるけれど、そのあと、ぼうっとして調子が悪いとか、普段よりも余計に寝たりするから、これでは元も子もない。頑張りすぎて、体調を崩し、寝込んでしまったりすると、トータルとして時間を無駄にする。大事なことは、この「トータル」なのである。瞬発的に無理をするよりも、長い目で見て、無駄のない道を選んだ方が良いと思う。

無駄な時間とは何か?

一言でいえば、自分の意志に反している時間が「無駄」である。たとえば、特別に見たくもないテレビを見てしまったとか、それほど話したくもない人と長話をしてしまったとか、飲みたくもない酒を飲んだとかだ。あとから考えて「あれは無駄だったな」とわかるものである。経験を重ねると、その場ですぐわかるようになる。しかし、きっぱりとはなかなか振り切れない。「私は意志が弱いんです」なんて言う人がいるけれど、そういうことが言えるのは、そうとう意志が強い人だと僕は感じる。そもそも、これは意志の問題ではなく、考え方、生き方、つまり「あなたの方針」の問題なのだ。意志が弱いなんて、あたかも「躰が弱い」というような責任転嫁をしてはいけない。

そうそう、「躰が弱い」せいにする人も多いのだ。躰が弱かったら、弱いなりにもっと考えたらどうなのか。急に弱くなったわけではなく、自分の躰なのだから、体力に見合った計画を立てるべきではないか。

たとえばの話だが、友達と話をするのをやめて、酒を飲むのをやめて、テレビを見るのをやめたら、ほとんどの人がけっこうな時間を手に入れることができるだろう。僕は、この三つはだいぶまえにやめた。どうしてかというと、躰が弱かったからだ。みんなよりも、ゆっくりとしたペースでしか仕事ができない。だから、無駄なことをしないで、時間を捻出する必要があった。

そうして捻出した時間で新しいことが沢山できた。ずいぶん沢山のものを得た。金を投資するよりは、時間を投資した方がずっと割が良い、ということに気づいてほしい。

出歩かない生活

この頃、僕はあまり出歩かなくなった。ドライブが好きだから、車を運転したいときは

庭園鉄道に除雪車登場。
もちろん全部自作です。
もっと見たい人は
「ロータリィ除雪車」で検索。

出かけるけれど、どこかへ行くわけではない。買いものは、ほとんど通販で足りてしまうし、友人とのコミュニケーションもネットで充分だ。人が大勢いるところへ出ていくことも、店に入ることも、人と話をすることも、滅多にない。そういう時間が、全部自分一人のものになるから、自分の楽しみにすべて使っている。

それでもやりたいことが沢山あって、つぎからつぎへと楽しいことを思いついてしまう。楽しさというのはそういうもので、楽しんでいるほど、もっと楽しいことを発想してしまう。だから、雪だるま式に楽しくなるのである。

これを書いているのは二月だけど、雪だるまといえば、最近積雪があって、庭が雪景色になった。正月でも帰ってこない子供たちが、仕事を休んで遊びにきた。カマクラや雪だるまはもちろん、ソリですべるスロープも作って遊んだ。犬も大喜びで走り回る。気温は氷点下十度以下になるけれど、ほとんど毎日が晴天で日差しは暖かい。野鳥も沢山いるし、リスも走り回っている。

正月も祭日も仕事をして、雪が降る日のために前倒しでノルマを片づけておけば、こういう休み方ができる。時間は自分のものなのだ。

第6回　一歩ずつしか進めない

兎が亀に負けるか？

僕が子供の頃は、絵本といえばイソップ物語みたいな定番があった。動物が主人公のものばかりで、とにかくすべて「教訓」が仕込まれているのだ。わざわざ物語にして、絵まで描かなくても、その教訓を教えてくれたら、それで充分ではないか、と子供心に思ったものである。

しかし、兎と亀では、兎の挑戦を自信ありげに受ける亀が変だ。兎が途中で寝ることを何故予見できたのか。最初から亀は上から目線だし。あと、猿蟹合戦では、蟹が虐《いじ》められて骨折し松葉杖をついていたが、蟹に骨はないだろう、と思った。そこへいくと、蟻とキリギリスはなかなかリアルだ。キリギリスの生き方も一理あるし、蟻の博愛も捨てがたい。両者があってこそ社会は成り立つのだな、と深い。

さて、兎に勝った亀ではないが、たしかに、足は遅くても、地道に進むことで「対等」

に張り合うことは可能である。現実の仕事の多くは、それほど能力的な差が直接結果に反映しない。誰がやってもできるようにノルマや手法が考えられている。それに、要領の悪い者は残業して挽回できる。つまり、仕事という「競争」には、制限時間もないし審判もいない。こっそりカンニングしても叱られない。誰かに助けを求めることさえルール違反というわけではない。どんな手を使おうが、ゴールへ辿り着けば同じだ。

ただ、最も簡単なのは、こつこつとマイペースに前進することである。その亀方式が素晴らしいという意味ではない。兎方式も亀方式も、結果は同じ、ということである。

不可能が可能になる

素晴らしいわけではない、と書いたものの、こつこつと進める手法で不可能だと思われたことが可能になる。これは、なかなか凄いことで、素晴らしいと感じても不思議ではない。それはしかし、不可能だと感じた、その最初の観測が間違っているだけである。できないことはない。少しずつ進めれば、ほとんどのことは誰にでも可能になる。

ようするに、できないと予測した主原因は、能力不足ではなく、「面倒だな」と感じた自分の感情にある。駄目もとでしかたなく少しずつやっていると、そのうちその面倒を面倒だと感じない自分ができてくる。自分が変化するのだ。これは、素直に素晴らしい。仕

これが書斎から見える風景。
積雪は三十センチほど。
小さな小屋みたいなものは、
庭園鉄道の駅。

事の結果よりもずっと価値がある。そして、こういった自分の変化を積み重ねるうちに、自分にはできる、と思える「自信」というものが育つ。

なんでも良いから、毎日こつこつと続けていると、この自分の変化を頻繁に観察することができるし、小さな自信が毎日生まれる実感がある。べつに、大したことではない。毎日ジョギングをしても、毎日庭いじりをしても、毎日本を読んでも、なにをしても、自分に変化がある。「こんなに走れるようになった」という実感である。

仕事である必要は全然ない。仕事なんて、人生における主目的ではない。仕事は道の一つにすぎないし、不可欠なものでもない。生きていく目的というのは、むしろ自分の変化を楽しむ方にある、と僕は感じる。

できないと思い込むのは自分

僕はもともとは国家公務員だった。四十歳に近づいた頃、できそうだな、と思って小説を書いてみた。それまで、そんな趣味もないし、書いたこともなかった。だいたい、小説なんかほとんど読まない人間である。それでも、書いてみたら書けた。家族に見せても誰も感心しないので、出版社に送ってみたら、半年後には作家になっていた。

では、作家になるなんて考えてもいなかったのか、というと全然そうではない。書いたのは、作家になるためだ。仕事として書いた。自分が書きたいものなどないから、人が読みたい（と想像できる）ものを書いた。だから、計算どおりに作家になったのである。「夢にも思わなかった」なんて言う人がいるけれど、あれは謙遜だ。みんなちゃんと考えて努力をしている。本気にしてはいけない。自分がなりたいものには、よく考えて、今すぐにできることから始めて、一歩一歩進もう。

今は公務員も辞め、作家もほとんど引退してしまって、自分の好きなことばかりしている。これがしたいから、一所懸命働いてきた。ときどき「恵まれていますね」と言われるけれど、誰かから恵んでもらったのではない。神様はいない。自分で自分に恵むしかないのである。宝くじに当たるよりは簡単だ。

「私には無理だ」と自分に言い聞かせて我慢ができる人は、そのままである。四十歳になっても、僕は「作家になれる」と思った。少しでも自分を疑ってしまえば、新しい道は途絶えてしまうだろう。

第7回　それぞれに違う道

表通りか抜け道か

ときどき「私道につき通り抜けできません」という看板を見かける。あれは、物理的に通り抜けが不可能なのか、それとも通り抜けられるけれど、それをするなという意味なのか、どちらだろう。たぶん後者だ。前者ならば「行き止まり」と書けば良い。その方が効果がある。「してはいけない」と言うかわりに「できません」と言ったりするからややこしい。学校の先生も、「廊下を走るな」と言えばわかりやすいのに、「廊下は走らない」なんて言うから、文法的にいかがかと思う。

抜け道をよく知っている人は、それで得をした気分になれるようだ。大通りが渋滞しているとき、脇道に逸れて、ちょっと先の信号に出てきたりする。数台前に割り込むだけのためにわざわざ回り道をする。

そういう人間に限って、仕事や人生では思い切った決断ができない。みんなと同じように当たり障りのない大通りしか歩けなかったりするから不思議である。

そんなことはべつにどちらでも良い。大切なのは、人それぞれが、自分の好きな道を歩けること。それができれば平和な社会といえる。みんなが自由になれれば、それこそユートピアというもの。

そうは言っても、なかなか自由にならないのが現実。今のこの世の中がユートピアだなんて言っているのは、たぶん森博嗣くらいだろう。いや、僕もそこまで自信を持って言いきれない。もしかしたら、再来年くらいには、もう少しユートピアかもしれないしな、という程度か。

自分と他人は違う

当たり前のことなのに、みんな充分に認識していない。自分は人と同じだと思いたがる。それは違う。似ているかもしれないけれど、絶対に同じではない。また、この違っていることこそが、人間の優れた点でもある。ほかの動物に比べると人間ほど幅広く変化に富んでいるものはいない。性格も違うし能力も違う。

自分と同じ性質の者がいると嬉しくなる本能があるようだが、気をつけた方が良い。同じではない。また、同じだからといって親しくなれるわけでもない。むしろ違っている方が馬が合ったりする。

同じ趣味の人とつき合いたい、と言う人がいるけれど、どうせなら違う人間の方が面白いし、チームとしても有利だ。ピッチャばかりでは野球はできない。ボーカルばかりではバンドは組めない。違う資質の者が集まってこそ協力し合える。ビジネスだったらなおさら、できるだけ考え方の違う人間と組んだ方が有利なのである。

だから、自分と考え方が違う他者を大事にする心を持つべきだ。異なる意見を理解することが、人間の大きさというものだし、なにより、それが自分の利となる。反対意見に耳を傾け、ライバルのやり方にも学ぶ。感情的に好き嫌いで片づけるような問題では全然ない。

反対意見を聞くと、かっとして怒りだす人がいるけれど、そういう感情的なところは、まだ獣の本能だと言える。「人間的」ではない。自分と違う意見でなければ、聞く意味がない。歓迎すべきことだろう。

奥様の話

本誌に連載を始めたので、毎月この『ＣＩＲＣＵＳ』が家に届くようになった。主に、僕の奥様がこれを読んでいる。ちなみに、自分の妻なのにわざと敬称を使っているのであ

ずっと凍っていた庭の水道が
四月中旬になって
ようやく出るようになった。
水遊びが大好きな
二人（二匹？）は大喜び。

る。これは、僕の勝手なポリシィなのであしからず。

「君だけ浮いているね」というのが彼女の感想だった。もう少し意見を聞くと、「君だけ真面目すぎる」と言われた。僕は、その逆かなと考えていたので、目から鱗が落ちた。反省して、以後軌道修正しよう。

その奥様だが、小説も沢山読んでいる。僕に比べれば読書家だ。一方の僕は小説は読まない。同じ本を二人とも読んだ、といった例はまずない。本だけではない。まるで趣味が合わないから、お互いに話題にさえしないので、詳しくはわからない。

意見や考え方がまったく合わないので、ほとんど別行動で、たまにしか顔を見ないのだけれど、ときどき会って話を聞くと、そんなふうに考える人がいるのか、と驚く。思いもしなかった視点、考えもしなかった感情というものに気づかされる。自分に欠けている部分を補うことができるから、実にありがたい。

とにかく、人はそれぞれ、本当に違う考え方、感じ方をする。どれが正しいということはない。ただ、その人にとって正しそうなものが一時的にある、というだけのことだ。

このように、自分の道というものは、人と同じではない。過去に成功した人と同じ道を歩こうとしても、そんなことはそもそも無理だし、ほとんど無意味なのである。

第8回　道は入口が関門

歩き始めるまでが山場

朝目が覚めたとき、今日は何をしなければならないか、と思い出して溜息をつく人は多いだろう。少なくとも、出勤しなければならない、登校しなければならない、など、たいていの人（特に若者）は、「しなければならない」ことが決まっている。そういう「支配」が、仕事、学業、だとみんな考えている。

「仕事だからしかたがない」と諦めてもいるだろう。

僕が初めて就職したのは研究職（大学の助手）だった。仕事は研究だ。これにはノルマというものがない。しなければならないことは、何一つない職場だ。出勤簿さえない。何時に出勤しても良い。いつまでいても良い。たいていの場合、自分の部屋には自分しかいないから、一日誰にも会わないことだってある。

朝起きたときに考えることは、「今日は何をしようか」だった。しなければならないことはなく、何をしても良い。すべて自分で考え、自分で計画を立てて、自分だけで作業を進め、仕事を片づけるのだ。

こういった状態は非常に「自由」ではあるけれど、一方では大変なストレスである。上司から「これをやってくれ」と頼まれたら、ほっとする。わかりやすくてゴールがある作業は、精神安定にも良い。やれば片づくし、できれば終るし、仕事をしたと明らかに示せる。それに比べて研究は、まず何をすれば良いか考えなければならないし、それができるものかどうかもわからない。できるとしても、いつ完成するか見当もつかないものばかりだ。

そういう職場にいると、作業が始められることは、この上ない幸運であって、問題が見つかってスタートを切れることが夢のように嬉しい。「さあ、仕事ができるぞ」と思えるからだ。

道というのは、歩くところが決まっている筋である。どこを歩くのか、どこへ向かって歩くのかが決まっていれば、ただ進めば良い。なによりも難しいのは、明らかに、歩き始めるまえの段階なのである。

五月のGWまえに、
ウッドデッキを拡張した。
これからゲストも増えるし
バーベキューの季節。

苦労がなければ仕事ではない

もし、あなたの仕事が、やることがきちんと決まっている作業だとしたら、それは楽な道である。肉体的に大変なものはあるけれど、とにかく進めれば良い、というだけだ。そういう仕事は、そのうち機械化されてしまうかもしれない。

どうすれば良いか決まっていないような作業を任されたら、つい「はっきり方針を決めてほしいよな」という愚痴が出る。「どうすれば良いか教えてほしい。言われたことはきちんとするから」なんて怒る人もいる。でも、こういうのが本当の仕事なのだ。あなたの判断に任されている割合が多いほど、高等な仕事といえる。つまり、人間の頭脳が必要な作業という意味だ。

また、あなたの仕事が上から下りてきたとき、その仕事を作っている人は、あなたよりも偉い。物事を解決するよりも、問題を見つけて仕事を作る人間の方が頭を使う。だから、人間として能力が求められるし、そういう人が職場で「上」になる。まあ、なかには、つまらない仕事ばかり作る上司もいるけれどね。

たとえば、カメラで写真を撮るとき、何を写すか、どういう構図にするのか、という決断が最大の仕事である。「さあ、撮るぞ」と決まったら、シャッタを押すだけだ。あとは機械がやってくれる。写真を撮るという仕事は、実は写真を撮る動作を起こす以前にすべて終っているのである。世間で観察される仕事の多くは、このカメラがやる段階の作業でしかない。何をいつ行うのか、という判断をしている人が、本当の仕事をしているのだ。ほとんどの道は、道を歩きだしたときには、その大半は終っていると考えても良い。どの道をいつ歩きだすのか、というところに最大の人間的決断がある、ということ。

反省しない人

前回、「奥様の意見を聞いて反省し、軌道修正する」と書いたのだが、今度は編集部から、「軌道修正しないで、今のままでお願いします」というご意見をいただいた。

実をいうと、森博嗣は反省しない人である。「拘らない」をポリシィにしていると、必然的に反省を軽視する。心にもないことを書いてしまったと反省している（また、心にもないことを書いてしまった）。

これからも明らかなように、人ぞれぞれいろいろなんだな、ということがわかるだろう。それが前回のテーマだった。したがって、どんな道を歩くのかは、結局は自分で選ばなければならない。そして、選びさえすれば、あとは地道に前進する以外にない。もちろん、途中で引き返して、別の道も歩ける。その決断もまた、あなたが決めることである。

第9回　人が歩くべき道？

日本人は「道」が大好き

小学生のとき、「道徳」という時間があったのだが、今でもあるのだろうか。どうして「道」という字が使われているのか、よくわからないけれど、辞書を引くと、「人のふみ行うべき道」なんて書いてあった。全然意味がわからない。「え？　道徳って、モラルのことじゃないの？」と言う人もいる。ちょっと違う気もするし、だいたい同じかなとも思ったりする。

何が道徳か、どんなふうにすれば道徳的か、という問題はさておき、どうして道徳が必要なのか、といえば、たぶん、人間の「品」のようなものを形成するノウハウみたいなもの、つまりやはり「道」なのである。あまりに、この道が堂々としていると、若者はときに逸《そ》れてみたくもなる。そういう存在である。

年寄りを敬いなさい、などと教えられるのだが、その理由というのははっきりと教えてもらえない。道徳というのは、「そうした方が無難だ」のレベルを超えて、「そうしないと周囲から白い目で見られるぞ」という脅迫が含まれていたりする。ただ、その道を歩くと、誰でも少し（しかも簡単に）気持ち良い経験ができるので、そのうち、道徳キットみたいなものが売り出されるのではないかと思う。これを買い続けていれば、毎号毎号新しい道徳が実践できるし、だんだん本格的な人格者が出来上がる。創刊号だけは特別価格で二百八十円だ。

柔道とか華道とか書道とか、古来、さまざまな分野で日本人は「道」を築いてきたけれど、いずれも、技を極めるだけではなく、なんらかの礼節を重んじる。そして、人間の品を磨こうとしている。そういう文化が、西洋に比べて強いのは、たぶん、コミュニケーションを充分に取らない民族性が根本にあって、その反動として生まれてきたものではないだろうか。

道徳とは、ほとんど会話である

僕自身は、道徳というのは行動だと考えている。しかし、世間一般で観察される道徳は、単に言葉だ。

困っている人がいたら、優しい言葉をかける。それが道徳的だとみんな思っているようだ。黙って、寄付金などを出しても、あまり評価されない。金だけ出せば良いと思っているのか、とまた言葉で攻撃される。だけど、困っている人は、言葉よりも金がありがたいだろう。それくらいは想像できる。ただ、口では、「皆さんの声援が一番嬉しかった」なんて応える。サッカーの勝敗にも「ファンの声援」が効くみたいに報道されている。それだったら、負けたのはファンの声援不足のせいになるのかな。とにかく、日本人は、道徳的な会話を重んじる。あまり、正直に本音を口にしてはいけない社会だ。それが道徳というものらしい。

ところで、「報道」にも道の字がついているのだから、もう少し品を追求してもらいたいものだ、と常々感じる。近頃の報道というのは、ただ発信源が用意した情報をもらいにいき、それを広めているだけであって、広告に限りなく近い機能になってしまった。その方が品は良いのかもしれない。でも、精神が緩んでいるような気がする。精神とは何かといえば、それは外に現れない「心」である。この心があってこそ、道としての存在価値がある、と僕は思うのだ。たとえば、剣道だったら、剣を持つ者としての心がその本質であって、ただ試合に勝てるだけでは道を極めたことにはならないだろう。それと同じなのでは?

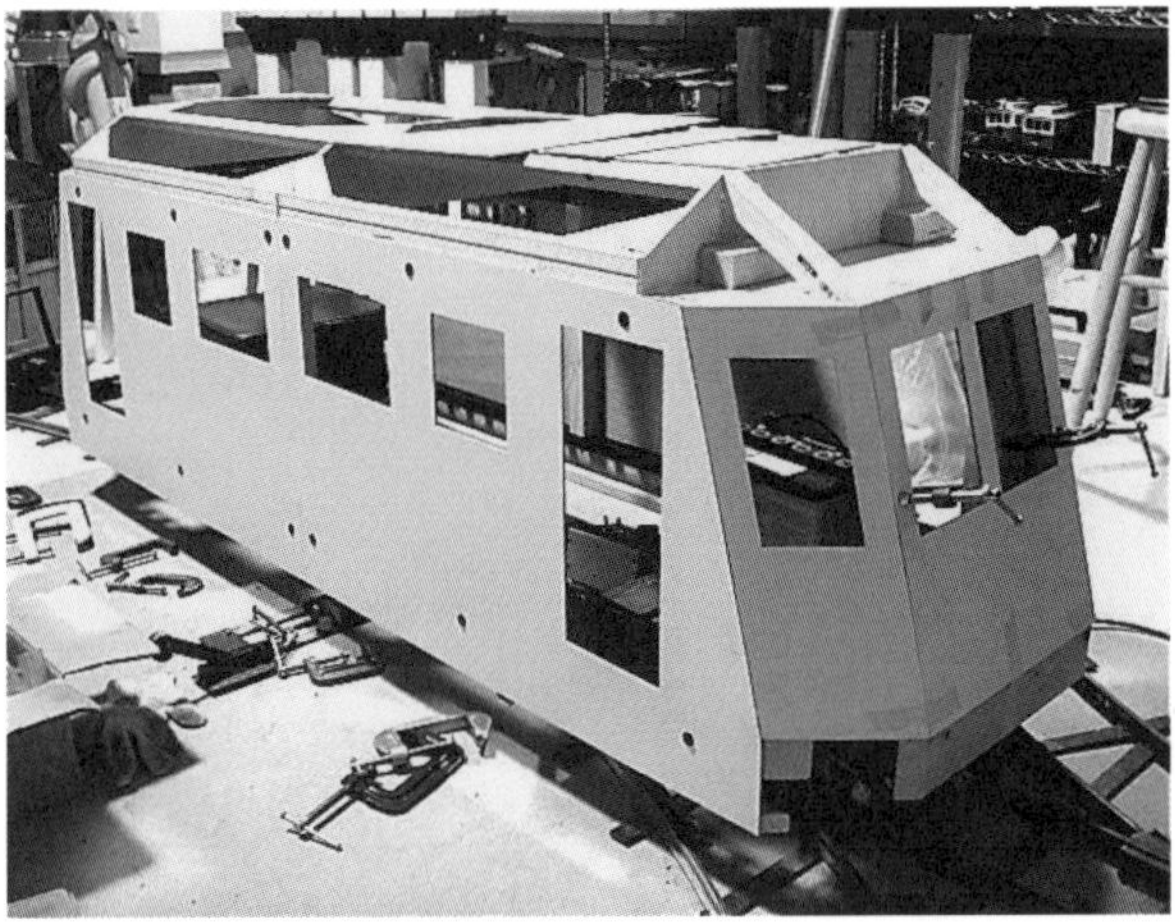

ガレージで、
電気機関車を製作中。
少し大きくて、
中に人間が乗り込めるサイズ。
これが26号機になる予定。

心のない道があっても駄目

報道の不甲斐なさを書いたついでに、個人の不甲斐なさも書いておこう。ネットを観察していると、今の多くの人たちが「情報」だと思い込んでいるものは、ただの「宣伝」にすぎない。つまり、誰かが作って用意した情報を鵜呑みにして、右から左へコピィ・ペーストしている人ばかり。インターネットも初期の頃は、みんな自分で調べ、自分で考え、自分で作り出したものを公開していた。だから価値があった。

ようするに、そういうものこそが「道」であるし、また、そういう精神を持っていなければ、道徳的な言葉だけがあっても意味がない。空気が読めるだけの人間ばかりいても、なにも生まれない。少々道徳的でなくても新しいものを生み出す才能の方が、社会にとってははるかに大きな価値をもたらすだろう。

ま、それは良いとして、最近の僕はといえば、庭仕事に精を出している。草刈りをして芝刈りをして水やりをして雑草取りをしているだけで、八時間くらいはかかってしまう。合間に、犬と散歩し、ちょっと遊ぶ。工作も少しずつ。そして、ときどき、執筆の仕事も趣味的にこなしているという毎日。道徳についてとやかく言える筋合いではないか。

第10回　道はつながっている

ドライブが趣味かも

僕は車の運転が好きだ。十八歳のときからずっと車に乗っている。通勤も車、遊びにいくのも車だ。奥様（あえて敬称）と話をするのも車で走っているときだし、うちの犬たちも車に乗ると大喜びする。

最初に車の運転をしたとき、これで日本のどこへでも、自分が行きたいとき自由に行けるのだ、と感じた。つまりは、道がつながっている、という前提の上に成り立つ期待なのだが、この「つながっている道」というものが、もうそれだけでわくわくさせてくれる。

実際に、四国や九州や北海道へもドライブに行った。最も多いときは、車を六台持っていた。そのとき、人数が一番沢山乗れる車は、ミニクーパだった。大学への通勤はホンダのビートだったし、遠征するときは空冷のポルシェ９１１だった。ビートもポルシェも二人乗りだ。ようするに、コンパクトな車が大好きで、今も軽自動車を買おうとしている。

大型のセダンやファミリィカーには何故か興味が湧かない。

昔の若者（僕たちの世代）は、自動車というものに憧れていた。今は違う。きっと、車よりも自分の部屋を綺麗にしたい、そこで料理を作りたい、そこへ友達を招いて、パーティやゲームやビデオ鑑賞をしたい。車よりも、自分の部屋の方がずっと高価だから、これはゆとりある生活だし、都市交通が整備されている豊かな都会が実現している証拠だ。全然悪いとは思わない。

ただ、車を自分で運転したことがない、というのは小さな不幸かもしれないな、と思う。飛行機だってロケットだって、運転できた方が、できないよりは幸せだろう。

空間的なつながりしかない

道がつながっている、というのは、一言で表現すれば「可能性」である。人は、常に可能性に期待する。「生きている」価値も実は、可能性にある。

線路もつながっているし、電話線もつながっているし、光ファイバもつながっている。つながっていれば、その範囲で「誰でも」「いつでも」「どこでも」可能性がある。

ところが、どんなにつながっていても、それは地理的なもの、つまり空間的なつながりであって、歴史的な、あるいは時間的なつながりは保証されていない。今まではつながっ

春先から
芝生整備にはまってしまい、
毎日世話をしている。
牧羊犬が二匹いるので、
足りないのは羊だけ。

ていなかったものもあるし、いつまでつながっているかもわからない。

もちろん、もうすぐ新幹線が来るぞ、というような未来の「予定」はある。これは、未来の可能性への期待だ。それでも、現在はつながっていないのだから、「いつでも」という自由はまだない。

多少想像力が必要かもしれないが、空間ではなく時間に対する道を考えてみよう。時間を超えてつなげられるものがあるはずだからだ。

自分の過去や未来に対しては、自分自身でつなげる必要がある。昨日のそれが明日のあれになる、というように、できるだけつなげたい。そうでないと、毎日が無駄になっていく気がする。なんとか自分の人生を意味のあるものにしたい、という欲求とは、つまりは、自分の時間的な道に対する憧れなのだ。

若いときのあの体験が、自分にとっては糧になった、と言えるような将来へ向かいたい。きっと若者は本能的にそう感じているはず。もし感じないという人は、とても精神が安定している。まるで死んでいるように安定している、といえる。

可能性の価値とは何か

可能性というものが、何を生み出すのかといえば、それは「自由」である。可能性を沢山持っていれば、そこに選択の自由が生まれる。道が一つ以下のときには、可能性はなく、選択も自由もない。

僕は、自由というのは、自分が考えたとおりに行動し、想定したとおりの結果を得ることだと考えているので、可能性だけで自由だとは思わないのだけれど、しかし、可能性がなければ、なにも始まらない。

まずは、自分で道を切り開くために、考えることだと思う。考えることは「行動」ではないが、考えないと可能性は生まれないので、ようするに、考えない人には自由はない、という理屈になる。

さて、こんな抽象的なことをよくも毎回くどくどと書けるものだ、と呆れる人もいるだろう。どういうときにこんな抽象的思考ができるのか、というと、芝生の雑草を抜いていたり、金属を旋盤で削っていたり、といった極めて具体的な作業の合間に発想されることが多い。

では、僕は考えるために庭仕事や工作をするのかというと、そんな打算があるわけでもなく、ただ振り返ると、結果的にそうなっている。これも、時間的な道のつながりの発見だし、「人生」を感じる一瞬だ。

第11回

道具の心持ち

道具がおもちゃだった

　僕は子供のとき、おもちゃを買ってもらえなかった。そのかわり、道具ならばなんでも買ってもらえた。それが母親の教育方針だったみたいだ。だから、僕にとっては、道具がおもちゃだった。

　この認識が、今でも僕の根底にあって、ついつい新しい道具を買ってしまう。使えるか使えないかわからなくても、とにかくそれで遊びたくなる。何に使うのかは、使っているうちに思いつくだろう、というような本末転倒でも気にならない。

　道具というのは、「道」の文字が示すように、それを手にすれば、あたかも目的に向かって道が開けるような、なにか自分に新しい能力がプラスされたような、そんな気持ちにさせてくれる。錯覚だろうか。

　もちろん、実際にはそれほど簡単ではない。たしかに「便利」にはなる。しかし、道具があるからといって不可能が可能になる、という例はまずなくて、単に時間が節約できるだけ、という程度の効果がせいぜいである。新しい道具を持つと、たしかに「やる気」は湧く。でも、やる気だけで物事が解決する、と思ったら大間違いなのだ。

ところで、道具というのは、「使われてる」というようなマイナスのイメージを抱かせる。たとえば、「私は道具でしかなかった」みたいに言ったりする。便利に使われ、目的が達成されたら不要になった、というような意味だろうか。同じく、「私は単なるおもちゃだった」というのも、やはりマイナスのイメージで、弄《もてあそ》ばれただけで真面目に扱ってもらえなかった、という意味合いになる。僕は、道具もおもちゃも大事にしたいと思っているから、人間であっても、「道具のような人」も「おもちゃのような人」も社会に絶対必要だと思う。この言葉がプラスに使えないのが残念でならない。

道具の機能とは

道具を手にするとき、何故かわくわくする。ゲームのアイテムみたいに新たな能力がプラスされたという感覚は幻想だけれど、少なくとも、道具を使いたくなるし、なにがしかの行動を起こす契機になるわけだから、その結果が得られる。また、それを使って何をしようか、と思考するだけでも、自分の可能性が見えてくる。道具がなくても、その可能性が見えると良いのだが、普通はそこまでの想像は難しい。道具という具体的なものがあって初めて、可能性の道筋が見える場合が多い。

ちなみに、おもちゃというのも、想像力によって使う道具のことである。子供は、おもちゃで遊んでいるときそれが本物に見える。バーチャルリアリティだ。大人になって、おもちゃで遊べなくなるのは、想像力が衰えるからにほかならない。

したがって、大人になると、より具体的な夢を思い描こうとして、おもちゃではなく、道具を求めるようになるのかもしれない。

ビジネスにおいても、道具は非常に重要だ。道具にばかり凝る人間を「道具道楽」とする向きもあるが、上手く嚙み合うことがないわけではない。道具によって人生が変わることだってある。少なくとも宝くじを買うよりは、道具を買った方が期待値が高い。ときどき、ちょっと高価なものを求めるのも良いと思う。素晴らしい道具は、機能的な満足度だけではなく、使う人間の背筋を正す効果があるものだ。

道具から入るのもあり?

たとえば、僕はパソコンに出合わなかったら、文章を書く仕事をしていなかったと思う。そうそう、小説を書こうと思い立ったとき、まず家具屋へ椅子を買いにいった。けっ

電気機関車が完成し、
毎日運転を楽しんでいる。
この地では夏でも気温が
二十五度を超えることは
ないので快適。

こう高価な椅子を買ったので、僕の奥様は、「道具道楽なんだから」と呆れていたのだが、あのとき買った椅子ほど、大当たりした投資は森家史上例を見ない。というよりも、それ以外の投資は、すべて失敗している気がする。だけど、一つでも当たれば、元は取れるのだから、やってみる価値はあるだろう。

工具など、もうどれだけ投資したかわからない。たとえば、ペンチだけでも五十本くらいは持っているはずだ。ドライバは百本は軽くあるだろう。一番高い工具は、旋盤か。昨年、二機めのフライス盤を買って、ガレージに設置した。重さが二百キロ近くあるから、これを設置するために、吊り上げる道具を一式揃えた。旋盤やフライス盤を使って、既に数多くのものを作ったけれど、プロに製作を依頼した方が、これらの工具を買うよりは安い。だから、元は取れていない。しかし、自分で作るのは安いからではないのだ。自分が経験したいから、お金を払って楽しんでいるのである。

道具というのは、便利さだけが機能ではなく、使う楽しさがある。まさにおもちゃと同じだ。

第12回　思考の道筋

頭は使うものか？

前回は道具の話だった。ものを作るときには、材料と道具を使う。材料というのは、作るものに姿を変える物質であって、作る行為によって材料は消費される。道具は、消耗することはあっても、それ自体が形を変えて消費されるのではなく、ものを作るときの援助をするものである。同じ「使う」でも違う意味だ。

さて、「良い道具は、人間を鼓舞する」と書いたが、この「人間」というのは、つまり人間の頭脳のことだろう。「気持ち」とか「やる気」というものが、躰のどこにあるのか知らないが、もしあるとしたら、それは頭の中かな、と想像する。考えているのが頭だとしたら、である。

「頭は使いよう」とか「もっと頭を使え」などと言ったりする。これは、頭で釘を打て、という物理的な意味ではなく、単に「考えろ」ということを言い換えているだけだが、どうして「考えろ」と短く簡単に言わないのだろう。たぶん、「考える」よりはもう少し「工夫しろ」というイメージが伴うことを強調したいのではないか。では、「工夫する」とは何だろう。これも、結局は「もう少ししっかり考える」というくらいの意味しかない。「長く考えろ」「考えるのを諦めるな」と言い換えても同じかもしれない。

だいたい、「考える」という行為が、あまりにもわかりにくい。外面には表れないし、言葉にもなりにくい。説明が難しいのである。子供のときから、みんなこれで悩んでいるのではないか。「悩む」というのも、「考える」とほとんど同じような気がするが……。「頭を使う」といったとき、それは頭を材料として使う、頭を道具として使う、のどちらだろう？　たぶん、道具に近いとは思う。しかし、頭は、本当に道具なのだろうか？

考える道筋はいろいろある

もう少し考えよう。「考える」には、いろいろな状態がある。ぼんやりと思い浮かべるだけの場合もあれば、テストやクイズの答を導こうと集中する場合もある。

たとえば計算問題のように道筋があって、そこを突き進むような思考もあれば、ふと思いついて、まったく別のものを発想するようなジャンプもある。

「集中しろ」なんて先生から叱られたことがあるが、考える対象に集中するというのも、

夏の庭園は
ほぼ全域が木蔭。
蚊もいない。
ティータイムの場所は
よりどりみどり。

実のところ何をどう考えるのか、判然としない。

問題文をじっと思い浮かべているよりも、使えそうなアイデアをつぎつぎと連想する方が、たぶん答に辿《たど》り着けるだろう。それは、どちらかというと「集中」ではなく「辺りをきょろきょろと落ち着きなく見回す」ような思考であって、「散漫」さの広がりこそが求められる。

世の中には、計算では辿り着けない問題が多い。いくら地道に考えても解答が得られない。それは道が見えない状況であり、こんな状況からの思考は、遠くをぼんやり眺めて、「あそこは何だろう?」と思った瞬間にワープして新しい道を発見する、というような体験になる。

論理的に突き進み、問題を一つずつ解決していくような思考も必要だが、それだけではない。無関係なところから連想した、突飛な思いつきが成功に導くことが非常に多いのだ。これに似た経験をしたことがある人は、きっと頷かれるだろう。

ようするに、思考空間では、道は必ずしもつながっていない、ということらしい。これは、学校で算数や数学を学習したときに気づいたはずだ。「補助線を引けばわかる」なんて先生は簡単に言うけれど、難題の補助線を発想するには、優れた「連想力」がなければならない。

小説を書く思考

僕は、三十代の後半になって初めて小説を書いた。その一作めを出版社に送ったら、あっという間に小説家になってしまった。それまでは、コンピュータでプログラムを組む、というような仕事が多かった。学科で一番得意なものは数学で、最も出来が悪かったのは国語である。

「どうしたら小説が書けるのですか?」とよく聞かれる。僕は、「考えたとおりに書けば良い」と答える。実際そうしているからだ。しかし、この「考える」がそもそも人によって違うのだ、ということに最近気がついた。国語や社会の問題を考えるときは、覚えていたものを思い出す、あるいは法則性に沿って選択するという「考える」だが、数学の問題を解くときの「考える」は、「発想する」が最初で、あとは「計算する」である。計算は、国語と同じで、僕は得意ではない。

小説の執筆は、発想で夢を見るような行為なのである。「理系なのに小説が書けるの?」と言われるのだが、僕には、小説と数学は「同じ頭」を使う対象に思えるのだ。

第13回　人生の道草

道草をしました

前回の原稿（第十二回）を書いたのは、四年まえの夏だった。次は「道草」について書こうと決めていて、そろそろ執筆をと思った頃に、雑誌が休刊になるという知らせが届いた。「書かなくて良かったぁ」とほっとしたことをよく覚えている。

それをまた、こうして続けて書くことになった。こういった仕事の例は、僕の作家人生の中でも他にない。長い道草をしたものである。

この四年の間に、また引越をした。引越が大好きなのだ。旅行はどちらかというと嫌いかも。つまり、遠くへ行きたいばかりで帰りたくない、という人間みたいだ。

相変わらず田舎に住んでいる。そして、都会へはほとんど出ていかない。森林に自分の小さな鉄道を敷いて、それに乗って遊んでいるけれど、普通の鉄道には乗らない。バスにも乗らない。自分の車を運転するだけ。今はカーナビが普及して、どこへでも行ける。車で行けないところへは飛行機で行ける。空にも道がある。世界中が道だらけになった。

四年間で何が変わったかな、と考えたのだけれど、世間では大きな変化はないように思う。スマホが流行りすぎたくらいではないだろうか。

自分のことだと、ジェットエンジンで推進する機関車を作ったり、ジャイロモノレールの大きいものを作ったり、あるいは、ドローンを飛ばして空撮したりしたくらいだろうか。奥様が一度喘息の発作で救急車で運ばれたこと以外では、大きな不幸もない。

作家としても相変わらずだ。TVの連ドラになったり、アニメになったりして、印税は増えた。電子書籍も売れる。ラッキィなことである。

道草をした方が良い

目的に向かって進むとき、脇道に逸れたり、別の対象に気を取られたりするのは、時間や労力の無駄になるから、できるだけ避けた方が良い。しかし、ときどき、そういった道草から新しい情報がもたらされ、あるときは、本筋を飛躍的に効率化するアイデアを思いつくことだってある。だから、一概に「道草するな」とも言えない。

大事なことは、「自分は今道草をしている」という自覚だろう。その自覚の下、多少なりとも後ろめたさを持っていれば、大きな無駄にはならない。そうまでして道草をするのは、なんらかのメリットがあると感じているからであって、その予感を信じた方がよろしいのではないか。

予感というのは、「なにか〜な気がする」みたいなものだけれど、そう考える理由が自分の中に存在する。たとえば、僕の場合、予感はほぼすべて実現している。ようするに、「〜な気がする」と思ったときには、それなりの手応えを自分で感じている証拠ともいえるのだ。

新しいことを始めたときには、「なにか自分が楽しめるものが、ここにありそうな気がする」という気持ちになる。そして、だいたいそのとおりになるので、ますます楽しくなる。一方、人からすすめられたとか、みんながやっているからとか、そういった動機で始めたものでは、がっかりするばかりだ。期待していたのに、どうも違う、ということになりがちである。「他者からのおすすめ」は、自分の「予感」よりもだいぶ当りの確率が低い、ということは確かなように観察できる。

ネット社会になって、みんながスマホを持って歩くようになり、大勢が他者の動向を気にしている。こうした中で、自身の「予感」がいかに衰えているか、を考えてもらいたい。動物が野性を持っているように、人間は自分の興味に向う鋭い好奇心を本来持っているはず。「こちらの道へ進んだ方が、なんか楽しそうな気がする」という勘を、自分の感性として磨かなければならない。それでこそ、自分の「道」であり、「道草」も、そうい

我が庭園鉄道
（欠伸軽便）の30号機、
ジェットエンジン機関車。
詳細および動画は
ネットで検索を。

う意味では、「道の一部」と見なせるだろう。

周囲を見ない時間

道草は楽しい。ついつい時間を忘れて、気がつくと暗くなっていたりする。それは、周囲を見ない熱中の時間だったからだ。それだけ没頭していた。楽しさとはこういうもの。「自分らしさ」を見つけたいとか、「自分は何者なのか」とか、そういった自分探しに憧れている人が多いけれど、きっと、周囲の他者を見すぎていて、周りと自分を比べてばかりいるのではないか。

そうではなく、自分を見つけたかったら、なんでも良いから、自分以外のものに没頭することである。天体を観測したり、絵を描いたり、そんな道草をすれば良い。ようするに、自分を見つけるには、「我を忘れる」ことが大事なのだ。我を忘れた時間のあと、ほっとするひとときに、なんとなく新しい自分になっていることを発見するだろう。

第14回　未知の魅力

森林の中に線路を通す

まえにも書いたとおり、僕は自分の庭に鉄道を建設している。庭はほぼ平たい土地だが、大部分が森林なので大木が何百本もある。その高さは優に三十メートル。ドローンを飛ばそうにも、枝に当たってしまうため、上空へ抜けられる場所は建物の真上だけだ。夏は葉が生い茂って地面には日がほぼ届かない。夏場の最高気温は二十五度くらいである。

こんな場所に、鉄道の線路を通す工事を一人で黙々と進めている。できるだけ真っ直ぐに走らせたいけれど、障害物（主に樹）が多くてそうもいかない。急カーブは曲がれないし、また、できれば風景を眺めて気持ち良く走れる路線にしたい。

平たいといっても、もちろん自然の地面だから凸凹だし、僅かに勾配もある。鉄道が許容できる線路の勾配は三パーセントまで、つまり一メートルで三センチ。三十センチ高いところへは、十メートルかけて上るしかない。低いところは土を盛り、高いところは地面を掘って、線路を通す土木工事を進めている。すべて、僕一人がスコップを持って行う作業だ。土は一輪車で運ぶ（子供が乗っている一輪車ではなく、ネコと呼ばれる台車）。

たとえば、百トンの土を運んだこともある。百トンというと、四トントラックで二十五杯分だ。そんな大量の土でも、一人で移動できる。一輪車に二十キロの土を載せれば、五十回で一トン運べる。これを百日間続ければ、百トンが運べるのだ。

非常に楽しいので、苦労をしている感覚はない。ときどき、自分がした仕事量に愕然とするときがあって、これもまた楽しい驚きとなる。「ああ、人間って凄いな」と一人感動するのである。僕は、子供のときから躰が弱く、今でも人並みではない。それでも、ゆっくりと少しずつやっていれば、そのうちにできてしまう。それが本当に嬉しい。

最初は、道というものはない。しかし、線路をつなげていくうちに、道ができる。一度できてしまうと、そこまでは鉄道で土を運ぶことができるようになるし、休憩して機関車を走らせて遊ぶことができる。線路は道よりも強力で、機関車は僕が乗っていなくても、ぐるりと勝手に走ってくる。眺めるだけで楽しい。

線路は何故二本なのか

鉄道の線路は、レールが二本ある。これはどうしてなのか、わかるだろうか。当然だ

ジャイロモノレールの
試作9号機。
理屈も工作も難しいためか、
実現しているモデルは
世界でも数例しかない。

が、一本では左右に倒れてしまう。また、荷車みたいに車輪が左右に二つだけだと、今度は前後に倒れてしまうので、最低でも三つか四つの車輪が必要になる。自動車も四つタイヤがある。

こういったことは、理屈がなくても自然に発想できるから、最初に鉄道を作った人は、なにも考えずにレールを二本にして、車輪を四つ作っただろう。しかし、このレールが二本あることが、のちに鉄道の限界となったのだ。

カーブを曲がるときには、右と左のレールの長さが異なる。カーブの外側の方が長い。そうなると、車輪が左右同じ回転数では不都合になる。自動車の車輪は左右の回転数が異なるようにするギアがあるが、鉄道は左右の車輪は軸でつながっているので回転数は同じ。だから、どちらかの車輪がスリップするしかない。鉄道に乗っているときに、カーブでキーキーと音が鳴っているのを聞いたことがあるだろう。あれがスリップしている音。スリップすると、車輪かレールがすり減るし、走行抵抗も大きくなる。真っ直ぐ走っているときには問題ないが、どうしてもカーブがあるわけで、これが鉄道の高速化、効率化のうえで大問題なのである。

百年以上まえに、この問題を解決するには、レールを一本にするしかない、という理屈が登場し、世界中でモノレールが作られた。モノレールは、カーブを高速で走り抜ける新技術だったのだ。そのわりに、現在各地に存在するモノレールは、わりとゆったりと走っているのが、気になるところではあるけれど。

自分が知らなければ未知だ

ここ数年、僕が研究しているのは、一本のレールの上を走るジャイロモノレールである。これは、一本のレールの上で左右のバランスを自動的に保つ機能を持っていて、たとえば、レールではなく一本のロープの上を渡ることもできる。橋など不要で、ワイヤを張るだけで良い。

ジャイロモノレールの技術は、百年以上まえにイギリスで開発された。この古文献を探して、数年まえに模型を製作したのだが、世界中から大反響があった。誰もこの技術を再現できなかったからだ。

今もこのジャイロモノレールの研究を少しずつ進めている。かつて存在したものであっても、僕自身にとっては「未知」なのである。

第15回

道を歩くのは一人だけ

社会の中で生きる

人間は、社会の中で生きている。よく「人に迷惑をかけない生き方をしよう」と叫ばれる。子供のときから、そう教育された人も多いだろう。逆に、他者に迷惑をかける人間は、悪い人、困った人、駄目な奴、というレッテルを貼られる。

しかし、考えてみてほしい。生まれてくるときに、自力で誕生した人間はいない。子供のときだって、一人だけでは生きられない。ようするに、生まれて育ってきた時点で、誰もが社会に迷惑をかけているのである。だから、「迷惑をかけない」とは、「せめて大人になったら」という条件がつく言葉なのだ。

大人になっても、もちろん周囲に迷惑をかけているだろう。気づかない人が多いと思うけれど、たとえば、警察に守ってもらっているし、電気や水道も使わせてもらえる。お金を払えば好きなものが買えるルールだって、自力で構築したわけではない。その恩恵に与《あずか》っているのである。病気になれば、周囲の人の手を借りることになるだろう。

たとえば、よく「自給自足の生活」なんて呼ばれる田舎暮らしがあるけれど、あれは、ただ食料を自分で作っているというだけの話だ。自給自足だったら、衣料品も電気も水道も治安もすべて自給しなければならないのではないか。病気になったからといって薬を飲んだり、医者にかかるようでは、自給自足とはいえない。

だから、本来「一人で生きる」ということは限りなく無理な話だ。しかし、それでも、否、そういったこともひっくるめて、自分の道を自由に歩きたい、という願望を誰もが持っているはずである。となれば、ここにはある程度の「折合い」というものが必要になるだろう。

折合いとは、譲《ゆず》り合いみたいな意味だ。妥協といっても良い。理想のとおりには生きられない。それは、森林の中に道を通すのと同じで、どこに道を通せそうかと見定める眼力、あるいは思考力が必要になる。理想というのは、妥協によって部分的に可能になるものだ。この折合いによって、夢が現実へと導かれる。

絆という幻想

そうはいっても、近頃の日本では、「絆《きずな》」が必要以上に重視されすぎていて、なにか人間として必需のルールのように謳《うた》われている。これは、核家族になり、都会的になり、個人主義になった現代への反動で、一時的に傾倒していることのようにも見える。本来、これも自由のために折合いをつけていくべきものであって、絆を追い求めるような方向性ではないだろう、と僕は感じる。

はっきりしていることは、自分の人生を歩むのは自分一人だけだ、ということ。生まれたときも一人、死ぬときも一人である。家族がいてもいなくても無関係。昔の王様だったら、家来が一緒に死んでくれたかもしれないが、そんなことをしてもらっても、王様は嬉しくもなんともない、というのが現代的な思想ではないか。

僕は、自分の葬式も不要だし、墓もいらないと考えている。僕の両親は既に亡くなっているが、墓はない。どうして墓が必要なのか、僕にはわからないからだ。

友達も欲しいと思ったことはない。仲間と一緒に酒を飲むような趣味もない。それでも、ときどき友人が訪ねてくる。親しい友人もいるけれど、礼儀正しく接している。ため口をきいたりしないし、また、甘えるようなこともない。

これは、夫婦間でも同じである。僕は、若気の至りで結婚を一回だけした。そのときの奥様（あえて敬称）が、今も奥様のままで、結婚して三十四年になるが、未だ打ち解けていない。意見はまるで合わないし、もちろん趣味もまったく違う。なにかを一緒にすることは滅多にない。家の中でもほとんど会わないし、話をすることも稀である。しかし、重

庭園鉄道の列車は
最大三人の乗客を運べる。
しかし、客は滅多になく、
いつも運転士(僕)
一人で走っている。

要なことは、お互いが自由であり、それを認め合うことだと考えている。相手が自由になるように、自分はできるだけ気をつけている。

社会において、絆よりももっとずっと大切なのは、他者の自由をお互いに尊重することだ。

庭園の自然とともに

五月下旬から、樹が葉を出して、僕の庭園は新緑の森林となる。地面には木漏れ日が落ち、しかもそれらの光が動いている。蠢《うごめ》いているといっても良いほどで、自然は生きているのだな、と感じられる。

その下を僕の鉄道が走る。それに乗って、ぐるりと庭園内を巡ってくる。リスもいるし狐も見かける。とにかく多いのは鳥で、季節によってどんどん入れ替わっているようだ。庭を一周するのに十五分ほどかかり、この一周をほぼ毎日しているのだが、厭《あ》きるということはない。それは、道は一本でも、周囲は変化し、常に未知だからである。

第16回　人間は自然の一部

海千山千

竜はもともとは蛇で、海に千年、山に千年棲んだのちに竜になるらしい。経験豊かで強《したた》かな老人を海千山千《うみせんやません》などと表現するのはこのためだが、人間の場合は同じ土地に数十年いるのがせいぜいだ。

僕は、海か山かどちらか、といえば、断然山が好きだ。海の近くには住みたくないし、海を見にいきたいとも思わない。海の風も嫌いだし、海で獲れるものも、あまり好まない。それで、こんな山奥に住むことになった。

中学生のときはワンゲル部だった。ワンゲルは山とは限らないけれど、でもだいたい山道を歩く。登山部よりは少しだけソフトな感じ。山に登ると本当に気持ちが良く、これは登った人にしかわからない感覚だろう。ただ、山道というのは、山の頂上へ向ってほぼ一本道で、多くの場合、行き着いたあとには同じ道を引き返さなくてはいけない。いささか虚しい行為だけれど、それでも、多くの人たちが山登りに魅了されていて、危険を顧みず臨む人だって沢山いるのだから、よほどのことなのだろう、と思ってほしい。

かつて、イギリスの女性登山家が、子供と夫を残してエベレストに挑み、そこで死亡したことがあった。きっと、今だったら育児放棄で炎上するところだ。しかし、これほど自分の子供に大きな教育をした母親はいない、と僕は感じた。人間の尊厳というのは、本来そういうものであって、他の動物には真似ができない行為といえる。

何が言いたいのかというと、千年を生きることは無理だが、それでも人間は長生きをするのだから、その人生の中で、自分の道を見つけ、そこへ挑む姿こそ尊い、ということ。他者の顔色を窺ってばかりでは、道は見つからない。また、人が歩かなければ、道は草木に覆われ、たちまち消えてしまうのである。

健康のために生きるのか？

若い人は、人生を模索している。あれもこれもと興味を持ち、夢を描く。無理っぽく思えても、好きな方向へ近づきたい、という憧れも持っている。それは素晴らしいことだ。

一方で、最近は年寄りが増えてきて、昔では考えられないような長生きをする。そういう人たちの多くが「健康」が趣味だという。仕事をリタイアして時間もある。この時間を

庭園内の森林。
現在ここで線路工事に
汗を流している
（実際には涼しいので
汗は出ないけれど）。

健康のために費やしている。僕にはこれが、どこか不思議な光景に見えてしまう。

健康というのは、大事なことではあるけれど、それが生きる目的になるのだろうか？

それでは、生きる目的は生きることだ、という堂々巡りにならないか。たとえば、自動車の整備をして、毎日エンジンを回して確かめているみたいだ。毎日道具を磨いてピカピカにして飾っているようなものだ。たしかに、「趣味的」ではあるけれど、かなり倒錯っぽい（倒錯も悪くはないが）。

そうではなく、車や道具は、それを使って何をするのか、が目的なのである。人間も、健康に支えられて何を成すのか、が人生である。僕は少なくともそう考えているので、健康だというだけでは、大事なものが足りないのでは、と感じる。

健康を考えるとき、まず思い知らされるのは、人間は自然の中にあるということ。自然の一部だといっても良い。身の回りにあるものは、ほとんど人工的なものだ。衣料も住宅も都市も、またＴＶも電話も鉄道も、すべて人間が作ったものなのに、唯一人間の躰だけが例外なのである。つまり、人間は人工物の中に存在する例外的な自然物だ。

人生は、人が考えるとおりにはいかない。それは、大いに不自由なことだけれど、その原因は、自分の肉体という自然に起因している。したがって、思いどおりに生きたかったら、第一に考えるべきは、この気ままな自然物をよく観察し、その特徴、傾向、生態を見極めることだ。いくら薬やサプリメントでこれを飼い馴らしたところで、人工物にはならない。

庭園の自然とともに

六月の初旬頃には、樹の葉が出揃う。十月には散ってしまうので、森林が生い茂っている期間は短い。それでも、夏が近づくと、素直にわくわくする。明るくて爽やかだ。日本にいたときには、夏は鬱陶《うっとう》しい季節だったけれど、ここではそうではない。気持ちが良く、ゆったりと時間が流れ、風も気持ちが良いし、雨が降れば植物が喜ぶのを想像して、自分まで嬉しくなる。

僕は都会で育ったから、ずっと田舎なんて不便なだけだと思い込んでいた。しかし、今になって思うのは、どうして便利でなければならないの？という疑問である。

蒔いた種は必ず芽を出す。こんな小さな奇跡が、自然を作っている。

第17回　精神論はノウハウではない

精神論が幅を利かせた時代

僕が子供の頃から最近までの日本というのは、とにかく、「頑張れ！」と言われ続けてきた時代だったように思う。最初のうちは良かった。頑張れば頑張るだけ、どんどん良くなったからだ。目に見えて変化があった。豊かになったなぁ、と実感できた。しかし、後半はそれがなくなってしまった。頑張っても、さほど変わらない。それどころか、なんとなく寂しくもなる。

「物質的な豊かさでは心は豊かになれない」などと言う人が増えてきた。とても文化的な物言いではある。「そうだ、そのとおりだ」と強く頷《うなず》く人が大勢いる。

そうなると、人間性を取り戻そう、もっと絆を大切に、という方へ向かい、ようするにノウハウがただの精神論になっていく気がする。

貧しいときの精神論は、「なにくそ！」というハングリィ精神に代表されるもので、みんな「歯を食いしばって」頑張った。ビンタされて気合いを入れていた時代だ。

豊かになったあとの精神論は、「みんなで頑張ろう」という優しさにすり替わったし、「暴力はいけない」という道徳的なマナーも台頭したけれど、でも、言葉だけの「応援」にすぎない点では同じだ。

何を使って、どんな方法で、という指導をノウハウという。それに対して、「気持ち」への作用を基本にしているのが精神論だ。もちろん、人間の調子は、「気の持ちよう」的なところがあるから、ある程度は「方法」と言えるが、しかし、再現性のある一般的なノウハウとは言い難い。

書店などに並ぶ、若者向けの「生き方」「働き方」に関するノウハウ本は、ここを混同しているものが多いし、もちろん読者も混同して本を手にしているのだろう。

「虫のいい本」が売れる？

人生の道を進むうえで、自分の気持ちをコントロールすることは大事だ。それができることが「自由」という概念でもある。

これまでにも、ここで何度も書いていることは、全部その一点につながっている。ただ、「では、具体的にどうすれば実現できるのか？」という疑問を、大勢の人たちが抱いているはずである。

何故その疑問を抱くのか。それは、小さい頃から、「こうすれば上手くいくよ」と教えられ続けてきたからだ。学校でも家庭でも、手取り足取り指導された。自分で考える暇もなく、どんどん押しつけられるようにインプットされたのだ。

ところが、いざ大人になってみると、どう生きるのか、どう働くのか、どう人と接するのか、わからないことだらけである。誰も教えてくれない。自分が勉強しなかったからいけなかったのか、と考えて、書店に本を探しにいったりするのだろう。

なんとなく、それらしいことを書いた本があって、それを読み、なんとなくわかったような気分になる。さて、どうですか？　それでずばり解決したのでしょうか？

そんな簡単なものではない。つまり、皆が欲しがっているノウハウは、この世に存在しないのだ。そんなわかりやすい方法があったら、絶対に小学校で教えているはずだし、生き方の本も仕事の本も、ただ一冊あれば事足りるだろう。

解決方法がわからないから、場合によって、人によってさまざまだから、ああでもないこうでもない、とつぎつぎノウハウが現れる。

たとえば、ダイエット法だって、つぎつぎ開発される。実は、食べないで運動する、という究極のノウハウがあるにもかかわらず、ああでもないこうでもない、と方々で謳われ、沢山の本が出る。何故なら、みんな、食べたいし運動もしたくないけれど、痩せたい

最近作ったトラック。
荷台に人が乗って
庭園内を運転。
積載重量は
二百キログラムまで。

からだ。

生き方や仕事のし方についても、これと同じで、みんな、そんなに頑張りたくないのに、楽しく生きたい、楽しく仕事がしたいと望んでいるのである。したがって、「虫のいい本」というタイトルにすれば売れるかもしれない。

作家の仕事もしています

夏は遊ぶのに忙しいので、執筆はしないようにスケジュールを組んでいる。前倒しで仕事をしているから、来年の春頃までに出る本は、すべて脱稿しているし、今年の秋頃までの本はゲラも校了している。

毎年六月に、来年出る本の予定を決定し、再来年の仕事の計画を練ることにしているのだ。だから、今僕が死んでも、しばらく森博嗣の本は出続けるだろう。

お金を貯めることよりも、時間を貯めることの方が、結局は豊かな生活をもたらす、と僕は予感していた。実際にも、だいたいそのとおりだと最近わかった。お金も時間もどちらも貯めてみて、比較の結果から明らかになったことである。

第18回　発想できる頭を持とう

考えるのは大変

道があれば、そこを突き進むことは、さほど困難ではない。むしろ、じっとしている方が面倒なくらいだ。そして、なによりも難しいのは、道を見つけたり、道を作ることである、という話をしてきた。

道を見つける、道を作る、というのは、具体的にどんな行為なのか。答は簡単だ。「考える」ことである。では、「考える」とはどんなことなのか？

多くの人は、「考える」を、本を読んだりして勉強することだ、とイメージしているが、これは間違い。学ぶことは、頭に情報を入れる行為であり、つまり食べることと同じだけれど、考えるのは、頭を動かすことで、これは運動すること、アウトプットする行為なのだ。

したがって、頭を使って考えると、お腹が減るように、頭の空腹感を覚え、知識や情報が欲しくなる。適度に学び、適度に考えるのが、頭の健康に良い、という話になる。

しかし、この情報化社会では、黙っていても頭に飛び込んでくるものが膨大にあって、考える暇もない。しかも、学ぶことが頭を使うことだと勘違いしている人が多いため、本を読んだり、○○教室に通ったりして勉強することで頭の老化を防ごう、なんて方向へ行きがちである。これも大間違いだ。

僕は作家なので、文章を書くことが仕事だが、たとえば、テーマが設定されていたり、質問を受けてそれに答えて文章を書く、といった仕事もある。このような「返答」「回答」というのは、頭を使わなくて良いため実に簡単で、時間もかからない。それに比べると、なんでも良いからエッセィを書け、という仕事が一番大変なのである。

小説もシリーズ一作めは時間がかかる。二作めからは急に楽になり、エッセィよりもずっと簡単に書ける。これはつまり、考えないからだ。決まったものが既にあって、それに反応すれば良い行為なのだ。

エッセィも、何を書くかを決めるまでが労力の九割で、あとの一割が執筆という単純労働になる。

落語家の大喜利は、お題が振られて反応するだけで、僕は魅力を感じない。一人で出てきて、何を話すのか、というところに考え抜かれた「芸」がある、と認識している。

木造橋を建設し、
初めて人が乗って
走行試験をした。
スリル満点!
渡るときの音が
素晴らしい。

発想できない頭

ネット社会で多く観察されるのは、「誰か私に問いかけて」という人たちだ。自分から発するものを生み出せない。子供のときからずっと、周囲の問いかけに応えて成長してきたからだろう。「何が欲しい？」「何になりたい？」と問われないと考えられない。考えているうちに、いろいろ候補を挙げられるから、「それ」と答えるだけになる。本当に大切なのは、一人でいるときに、ふと、自分は何になりたいのかな、と考えることであり、その発想を持つことなのである。

まず、何を考えれば良いのか、を考える。これが大切であって、この思考をいつも持っているかどうかが、その後の人生を決めるだろう。すぐには効果は表れない。十年後くらいに違いが出てくるはずだ。逆に、現在どうも面白くない生活だという場合は、十年まえに考えなかった結果だといえる。

楽しいことは、「発想」から生まれるものだ。他者が持ってくる面白そうなものに飛びつくだけの人生では、真の楽しさを知らずに終わることになる。そういう人は、誘われることでしか楽しめない。誘われるようになるにはどうすれば良いのか、と悩んでばかりいる。そのうち、誘ってくれないのは相手が悪い、と周囲を憎むようにもなるだろう。

一方、発想する頭は、常に楽しさを生み出す。つぎからつぎへと楽しいことを思いつき、やりたいことばかりになる。もちろん、すべてが実行可能なわけではない。でも、誰かから誘われなくても、自分にはやりたいことがある、というだけで、もうかなり楽しい状態なのだ。

もう一つ言えることは、学んだり、誘われることは出費になるけれど、発想は生産的で、収入につながる可能性が高い、という違いだ。アウトプットするから、仕事になり、対価が得られる、という側面である。この収入も、きっと楽しさを大きくするだろう。

ジューン・ブライト

正しくは、ジューン・ブライドだが、六月は一年で最も天気が良い月と言われている(日本は真逆?)。初夏の爽やかな晴天が気持ちが良い。我が庭園鉄道も工事がちゃくちゃくと進み、間もなく全線五百メートルが開通しそうだ。

ここ数週間は、最後の難関、木造橋の建設工事を行っている。橋の長さは十メートル。先日、恐る恐る初めて走行試験をした。楽しかった!

第19回

目的達成に必要なもの

反応は単なる計算

前回、問いかけに反応するのは「発想」ではない、と書いた。多くの人が、「でも、問題を解くためには頭を使う。反応であっても考えていることになるはずだ」と反論したくなっただろう（ならなかった人は、それさえ考えなかったことになり、やや心配）。

「考える」には、二種類ある。一つが、「発想」すること。もう一つは、「計算」である。問いかけに反応するとき、大部分は後者の「計算」をしているだけなのだ。多くの場合、知識や法則に照らし合わせて、答を選択したり、導いたりする。落語家の大喜利が（僕にとって）つまらないのは、計算結果を見せられるだけのものが多い、という意味である。

一方、「発想」というものは、そんな一分や一時間で頭から出てくるものではない。それこそ、じっくりと考える、頭を使う行為なのだ。

算数や数学の問題でも、計算問題ならばすぐに作業を始めることができる。計算とは、そういうもので、肉体労働に近い。しかし、応用問題になると、最初に何を考えるのかを考えることになる。エンピツを持った手は止まり、一文字も書けない時間が続く。これが「発想」を絞り出そうとしている時間であり、僕が前回「頭の運動」「考える」と書いた行為なのである。

もちろん、「計算など不要だ」という話ではない。それは、頭を動かすための訓練にはなる。ストレッチみたいな運動といえる。したがって、小さい子供に計算で頭を動かす練習をさせることは間違っていないと思う。そういった頭の訓練をしているうちに、いろいろ別のことを思いつくかもしれない。また、思いついたときに、そのイメージを認識し展開するためにも、日頃から頭の運動をしていると有利だと思う。いわば、頭の俊敏さみたいなものが身につくからだ。

考えて、どうするのか?

さて、考えただけでは、実際にはなにも成すことができない。自分の道を見つけるには、考えることが第一だけれど、実際にその道を進むことができなければ、絵空事になってしまう。自分には確固たる夢が既にあって、ただ現実としてこれを実行する環境が整っていない、と考えている人も多いはずだ。

目標を達成するために必要なものは、時間、資金、場所といわれている。頭文字を取って、TMSである。実は、これ、『鉄道模型趣味』という雑誌の頭文字と同じで、この雑誌の中で、鉄道模型のジオラマを製作するために必要な三つの条件として頻繁に語られている。子供のときからこの雑誌を読んでいたので、「そうだな、その三つだよな」と僕も考えるようになった。逆に言えば、その三つの条件を整えることが、夢を実現させる道筋となる。

資金がなくても時間があれば、なんとかなる。もちろん、時間や場所は、資金によってある程度得られる。今、自分には何が不足しているのかを考え、そこを重点的に攻略していけば、文字通り道が開けてくるだろう。

たとえば、僕には、自分でミニチュア鉄道を作りたい、という夢が小学生のときからあった。四十歳も近づいた頃に、今のままでは実現できないのではないか、と考えた。時間はなんとかなるけれど、線路を敷く場所がない、それに資金もない。借家に住んでいたし、子供たちもこれから教育費がかかる時期だった。となると、まずは資金をなんとか手に入れる必要がある。それが得られれば、田舎の土地を借りられる。少しずつ時間を捻出して、週末に通えば、実現できるのではないか、と計画を立てた。

公務員だったので、給料は決まっている。残業手当が一銭も出ない職種だったので、本業ではこれ以上稼げない。そこで、夜の間に小説を書くバイトをしよう、と考えた。駄目

この時期、庭園内で
リスが走り回る光景を
毎日見かける。
樹の葉が茂ると空から
襲われないためだろうか。

だったら、また別の方法を試してみよう、などと、幾つかバイトの候補も思い浮かべた。すぐにこれを実行して、たまたま上手くいった。その結果、こうして作家になってしまったのである。

作家はバイトでやっている

つまり、僕は今バイトをしているのだ。目的は、庭園鉄道を建設することで、自分一人だけが楽しめれば良い、と考えている。人に自慢したり、家族で楽しもうなんて、これっぽっちも思っていない。

偉そうなことを書いているが、そのとおり、偉くもなんともない。我《わ》が儘《まま》で自分勝手を通しているだけだ。当然ながら、周囲の軋轢《あつれき》を避けるために、多少は気を遣う。それは、「摩擦」みたいなもので、動くときには避けられない抵抗だ。自由には、摩擦熱が伴うものである。

第20回 頭のダイエットをしよう

奥様はダイエッタ

もうあちらこちらで書いていることで、大変助かっているのが、僕の奥様（あえて敬称）である。エッセィのネタに困ったら、彼女のことを思い浮かべるだけでいくらでも書ける。これが本当の内助の功、というのはジョークで、そもそも「内助」なんて表現が、差別用語だろう（だからといって、使うなと色めき立つのもいかがかと思うけれど）。

さて、奥様は数々のダイエット方法をお試しになっている。最近はジムに通っていて、何カ月かで何キログラムだかを落とすプログラムを組んでもらっているとか。また、一番最近の用具としては、トランポリンがリビングにある。僕も一回だけ遊ばせてもらったが、感想は「ふーん」だった。

前々回、学ぶことが頭の食事であり、発想のために考えることが頭の運動だと書いた。現代人は、情報を食べすぎて頭が肥満気味のはずだ。肥満になると、頭が動きにくくなってしまい、深く考えなくなり、どうでも良くなり、カッとしやすくなったりするように観察される。

一番顕著なのは、結論を急ぐことである。「とにかく、どちらかに決めてくれ」なんて言うのは、その症状の一つといえる。もちろん、決断が急がれる場合もある。しかし、急ぐ必要はなく、複雑で重大な事例に対しても、考えずに、「賛成」「反対」とすぐに声を上げようとする。もし自覚があったら、気をつけてもらいたい。特に、自分だけのことならばそれでも良いが、その決断を人に押しつけようとする人がわりと多いのだ。プラカードを掲げて、大声で叫んだりする。もう少し考えてからにしてもらいたいし、考えに考えた結論であっても、そんなワンフレーズを大声で叫ぶようなことは下品きわまりない。冷静に、丁寧な言葉で、自分の考えを述べれば良い。この「考えを言葉で述べる」という行為こそ、最も基本的で、しかも手軽な頭の運動である。

言葉で述べることの大切さ

考えたことを言葉で述べる。これは、述べるために考える、という行為を促す。最近は、ツイッタなど、短くしがちだけれど、本来は、言葉を尽くして、丁寧に論じることが大事だ。したがって、ツイッタよりはブログの方が少しましである。

既に百回以上
渡っている木造橋。
手前に白く見える斑は
木漏れ日。
地面の植物には
貴重である。

感情的な表現を排除して、理屈で述べることも重要であり、また、自分の立場や自分の利益を基盤とした理屈でないことが、説得力を増す。そういったことを考えることが、いわゆる「思想」というもので、僕は行動よりもこちらの方がずっとレベルが高く、品があり、人間的だとイメージしている。すなわち、すぐに行動してしまう人よりも、熟考して判断に迷う人の方が上品で崇高に感じられる。

人はつい行動したがるものだ。ちょっと考えたら、誰かに話したくなり、同じ意見の人を見つけて意気投合し、声を上げてアピールする。しかし、その状態に至ると、もう考えていない。ただ、仲間意識で満足しているだけなのではないか、と思える人が多い。

特に、そのように大勢で主張し始めると、反対意見を受け付けなくなる。意見が違っている人を嫌うようになり、攻撃するようになる。僕が、下品だと感じるのは、この方向性が出てきそうな感情的な振舞い、そして物言いだ。

丁寧な言葉で自分の考えを述べ、また反対意見にも耳を傾ける。もし自分の考えが間違っていると気づいたら、素直に謝って、意見を変える。議論とは、こうして自分を修正するためのものだ。自分だけでは行き着けないところまで考えを巡らすための有力な手法の一つである。この議論をするためには、自分の意見を言葉で述べることが第一歩だ。

ところで、「考えを言葉で述べる」とはいっても、「言葉で考えろ」という意味ではない。たとえば、僕自身、考えることの九割は言葉ではない。映像で考えている。だから、それを言葉にする翻訳作業みたいなものも、頭脳活動の一環といえる。言葉で考えている人は、それをしなくても良いのだろうな、と想像している。

リノベーション中

七月と八月は、ゲストが多い。寒い国の夏は、ちょうど良いからだ。庭園内はほとんど森林だが、建物が三軒あって、一つは築六年の中古住宅で、ゲストハウスとして使用している。これを奥様と長女がリノベーション中。僕は口出しはしないものの、実際の作業の多くを引き受けていて、先日は壁のペンキ塗りをしたばかり。本当に楽しかった。子供のときに、将来なりたい職業はペンキ屋さんだった。きっと、ペンキ屋さんにならなかったことが、楽しかった最大の理由だろう。

第21回 一歩踏み込んだ想像をする

想定して考える

「考える」について考えている。予定を立てるときに、最初にこれをして、次はあれをして、といった「手順」くらいは誰でも考えるだろう。あるときは、「作戦」などとも呼ばれる。さき回りして考えておく。あとはそれを実行に移すだけだ。なにごとも戦略が必要である。

しかし、いくら綿密に考えても、相手がどう出てくるかは精確に予想できない。相手だって考えているだろうし、戦略を持っているはずだ。また、相手がないものでも、いろいろなトラブルが起こる。すべてのステップを順調に進めるわけではない。「予定どおり」なんて奇跡だ。

そんなときに、相手がもしこうしたら、もしここでトラブルが発生したら、と想像をして、その対処を考えておくことが重要となる。「考える」ことが最も威力を発揮する場面でもあるだろう。

人間は普通、嫌なものを考えたがらない。自分にとって都合の良い場面ばかり想像し、「上手くいったら良いなあ」と夢見ている。これは「考える」ではない。ただ、ぼんやりと思い浮かべ眺めているだけだ。

いろいろな場合を想定して考えておくことで、予定や計画どおりに実行できる。結局この確率の高さが、その人を成功へと導くのである。

この、自分が思ったとおりになることを「自由」という。自由に必要なものは「想定」だといっても良い。そして、何が起こりうるのかを想定するときには、経験による知識がものを言う。でも、前人未到の領域へ初めて踏み入るような場面では、経験はなく、知識や計算で予測できないものも多々あるだろう。その最後のギャップを埋めるものが、人間だけが持っている「発想」という能力なのである。

「発想」というマジック

素晴らしい成功例を見ると、そこには綿密な「計算」や積み重ねた「努力」が必ずある。大部分がそれらの集合体だといっても良い。しかし、ほんのちょっとした部分に目を留めることになるだろう。それは「ああ、よくここでこれを思いつきましたね」と感心する部分である。すると、その成功者はにんまりとして答えるのだ。「そうなんですよ。これを思いついたときには、絶対に上手くいくと感じましたね」と。

これが「発想」である。「アイデア」と呼ばれることもある。全体からすればほんの僅かにすぎない部分だから、「成功に必要なものは九十九パーセントの努力と一パーセントのインスピレーションだ」などと言われているが、実際には、その一パーセントが勝敗を分ける。その一パーセントがあったからこそ、九十九パーセントの努力ができたのだ。

では、どうすれば「発想」できるのか。ここが大事なところだが、しかし「手法」というものはない。

とにかく、そのことばかり考えて、熱中してことを進める。なにかないか、なにか使えないか、なにか道はないか、なにか、なにか、と悶々《もんもん》として考える時間を過ごす。あるときは何年もそればかり考える。頭脳は計算のときのように働いていない。むしろ空回りしているみたいに、脈絡もなく、あれもこれも、と連想している。しかし、とにかく、関心を持った対象のことだけで頭がいっぱいだから、なにを見ても、そのことへ考えが及ぶのである。

たとえば、プログラミングをしていた頃には、目を瞑ってもアルゴリズムやコードが見えた。寝るときには天井にリストが現れた。それくらい「没頭」していると、ふとした切っ掛けで生まれてくる発想がある。普段ならば見逃すようなことかもしれないが、

工作の要。
手前はボール盤、奥は旋盤。
別の部屋にフライス盤もある。
夜な夜な金属を削っている。

「え？」と息を止め、「今のは何だ？」と思考を振り返る。自分の目の前を通り過ぎたものをもう一度確かめにいく。そして、それが「使えるかもしれない」と感じる。ここは、勘である。

「閃き」というのは、こういうものだ。日常生活や趣味での発想は、「おお、そうだそうだ」くらいの興奮だが、研究上の閃きとなると、思いついても、それが本当に使えるものかを見極めるのに何日もかかるから、喜びなどは後回し、興奮もできるだけ抑えて、とりあえず検証の計算をすることになるだろう。

想定する、発想する、といった行為を、あなたはしているだろうか？

毎日土いじり

庭園鉄道には、ゲストが大勢訪れる日がある。このときには、沢山の列車が同時に運行するから、信号が必要だ。ここ数日は、その信号機の工事をしていた。主な作業は、信号機どうしを結ぶケーブルを地面に埋めること。全長数百メートルに及ぶ長さなので、何日もかけて地道に進めるしかない。これが実に楽しい。子供のときに砂場遊びが好きだったことを思い出しながら……。

第22回　映像で考える

映像で考える

今回は、みんなの参考になるかどうか、役に立つかどうか、わからない。僕はこうです、という話である。何度か書いていることだが、僕は、考えるときに文章や言葉ではなく、図や映像で考えている。子供のときからずっとそうだった。

大学に入ったときに、漫画研究会の先輩（農学部の人）と話をしていて、その人が「人間は言葉がなければ考えられない」と主張するのでとても驚いた。僕は少なくともそうではない、と彼に話したが、信じてもらえなかったかもしれない。

その後も、言葉で考える人が大多数であることを、ときどき認識している。このタイプの人は、言葉以外で考えることがない、あるいは、できない、という。

僕は、言葉で考えることもある。たとえば、小説のタイトルを考えたりするときなどはそうだ。しかし、その場合でも、頭に黒板があって、そこに文字を書いているシーンを思い浮かべている。つまり、文字という「絵」を見ている。

記憶も同じで、たとえば、歴史の年号を覚えるときに「いいくに」なんて語呂合わせが役に立たない。頭の中で、「１１９２」という数字を映像で記憶する。文字も数字も特徴のない形状なので、なかなか覚えられない。だから、同じ「１１９２」でも、フォントをオリジナルにして、飾り文字にしたり、その数字の形の彫刻とか、その形の構造物を思い浮かべて覚えるしかない。

学科では数学が得意だったけれど、数字そのものは苦手で、図形を扱う幾何学が好きだ。代数の問題も、必ず座標に展開して考える。

そんな人間が、今は文字を書く作家になっているのだから、本当に不思議である。よく「メモをしない」ということを書いていて、周囲に驚かれるのだが、そもそも文字で考えていないので、メモをしてもしかたがない、できないのである。

ストーリィなどは、最初は図形で考え、しだいにそれが動画になる。執筆のときは、映像を見ながら、その様子を文字に書き取る。

ストーリィは、すべて映像で記憶しているから、どんな文章を書いたのかは覚えていない。でも、物語や登場人物の特徴、仕草、部屋の配置、そこにある品々や色、などはすべて覚えている。

たとえば、キャラクタの「目」で見たシーンであれば、そのキャラクタの視力によって

この風車は
高さ二メートルくらい。
庭園内のミニチュアでは
三番めの大きさ。
風で発電をするが、
ＬＥＤが灯る程度。

見え方が違う。近視の人ならば、同じシーンでもぼんやり見える。そういったそれぞれのカメラで映像を考えている。そうすることで、そのキャラクタ本人の「体験」を作り出すことができ、それがそのまま自分の体験となる。

小説で書いたことか、それとも実際に体験したことか、が時間が経つとわからなくなる、といったことは、僕の場合は日常茶飯事だ。

道を思い浮かべる

だから、「人生」を考えるときにも、僕は「道」を思い浮かべている。文字の「道」ではなく、映像の「道」だ。過去の時間についても、通り過ぎた道として振り返る。「思い出」というのは、シーンではないだろうか？　皆さんの思い出は、文字や文章だろうか？　多くの方が、自身が経験したものは、映像で思い出すのではないか、と想像するが、いかがだろう？

これと同じように、未来の可能性も、僕は映像で見る。いろいろな場面をそれぞれ想像する。その対処も方法も予定も、すべて映像である。予想されるトラブル、障害、そして関門も同じ。また、他者との接点、協力なども、すべて映像、あるいは座標上の図形である。

こうした頭だから、僕は子供のときに文字がなかなか読めなかった。文字を見れば、それをいちいち映像に変換しようとする。そこに時間がかかってしまう。すると、文章のどこを読んでいたのかわからなくなる。ただ、文字の形だけを認識している状態になって、変換が追いつかなくなってしまうのだ。

近年になって、ようやく文章を読むことに少しだけ慣れてきた。それでも、書くのと読むのと、同じくらいの時間がかかる。文字を書くことは、映像が既に頭にあるので、変換が簡単だ。一方、文字から映像を作る方は、ずっと難しい。ここが、なかなか理解してもらえない。

夏も終わりかな

まだ八月だけれど、もう落葉が増えてきた。これからの季節、とにかく落葉掃除が続く日々になる。

庭園内には、建築物が三軒あるが、そのほかにも、おもちゃの建物が十数軒ある。単なるオブジェだ。モルタルや木材を使って、僕が作ったもので、古いものは築十年以上。ときどき、ペンキを塗り直して、メンテナンスをしている。

第23回　思考と行動の両輪

図面を描く意味

父が建築家だったので、小さな頃から僕は図面というものの存在を知っていた。なにかを作るときには、まず最初に図面を描く、という手順がある、ということをだ。

小学二年生のとき、少年少女向けの工作雑誌を従兄弟から譲り受けたので、毎日そればかり見ていた。そこには、どのようにしてものを作るのか、という立体図が描かれていたが、それ以前に、三面図と呼ばれる、前、横、上から見た図が示され、そこに寸法が記されている。これは、建築の図面でもそうだし、たとえば自動車のカタログなどでもよく見かける一般的なものである。

実物は立体、つまり三次元だけれど、図面は二次元なので、このように三方向から見た絵が必要になるということ。

けれども、頭の中にある映像は、図面のように二次元ではなく、目で見たものと同じように立体であるはずだ。これはどこが違うのかというと、視点が動き、違う角度から眺める行為が伴う動画なのだ。時間軸が加わるから三次元ともいえる。

三次元の立方体の展開図は、二次元で描くと六つの正方形になる。頭の中で、この二次元の展開図を折り曲げることができ、立体を作る様子を想像してみよう。

同様に、四次元の立方体は、三次元の四つの立方体でできた展開図となり、これを四次元方向へ折り曲げて作ることができる。この想像は、慣れないと無理かもしれない。とにかく、人間の頭は三次元以上のものを想像することができる、ということである。

話を図面に戻すが、僕の庭園鉄道で走っている蒸気機関車は、僕が作ったものであっても、図面を自分で描いたわけではない。それでも、製作に何年もかかった。そして、図面をすべて描くこと、つまり、デザイン（設計）することは、金属の加工などよりも、はるかに時間がかかる作業で、普通は数年から十年以上かかるといわれている。

世界的に著名なモデラの平岡幸三《ひらおかこうぞう》氏は、非常に緻密な図面を描くことで有名な方で、世界中で彼の図面を基に機関車を作り、走らせている人が沢山いるのだが、実は、平岡氏は最近、図面を描くだけで実際に模型を作らないらしい。これが、究極の「創造」というものかもしれない。普通は、作ってみて初めて問題点がわかる（たとえば、ボルトを締めるスパナが入らないとか）。そういったことまで、すべて頭の中で処理ができないかぎり、図面だけで完結する境地には達しえない。

思考と行動の両輪で前進する

僕の場合、工作のときに図面を描くことはまずない。大学では建築学を学んだし、自宅を設計して建てたこともあるけれど、よほど複雑なものにならないかぎり製図をすることはない。ただ、非常に簡単なスケッチはときどき描く。寸法的な確認をすることがメインで、パーツが収まるか、という点がどうしても頭の中の計算だけでは難しいためだ。

それでも、慣れてくると、図面なしで作れるようになる。また、作れば、もっと複雑な設計ができるようになる。両足で歩くように、設計と製作は交互に前進する、という感覚を僕は日頃抱いている。

これはつまり、思考があってこそ行動があるし、一方で、行動することで視点が変化し、また別の思考ができるようなる、という効果だ。

天才といわれる人は（平岡氏のように）、思考だけで視点が動かせるのだろう。すなわち、自分の行動が読めるわけである。工作という限られた行動であれば可能かもしれない。しかし、人生を進む道においては、思考だけですべてを予測することは困難だろう。

だから、考えて考えて考え抜いたあとは、やはり行動した方が良い。また、そこまで考えなくても、試しでやってみると案外簡単に問題点が見つかったり、別のアイデアが思い

レールカーを運転して
木造橋を渡るゲスト。
傍から見ると微笑ましいが、
乗るとスリル満点である。

浮かぶことがあるはずだ。というか、そんな経験を重ねてきたから、僕はスケッチ程度で作ってみる人になった、というだけかもしれない。

夏のオープンディ

僕の庭園鉄道は、普段は僕一人しか乗る者はいない。犬は乗るが家族は乗らない。ただ、夏の間に限り、友人がわざわざ遠方から乗りにくる。それをオープンディと呼んでいる。飛行機に乗ってきてもらって、その日が雨では残念だから、三日間開催して、参加者は庭園内のゲストハウスに宿泊してもらう。

今年も二十名ほどの参加となった。昼はバーベキューだが、夜はゲストの自炊で、僕もご馳走になる。

今年のメインは、先日完成したばかりの木造橋。スリルを皆さんが堪能されたことと思う。僕としては、無事故だったことが一番嬉しい。

第24回　トラブルがあるのが普通

トラブルを想定する

なにごともそうだが、未来を悲観的に考えることが基本だ、と僕は思っている。自分がやろうとしていることに対しては特にそうだ。上手くいかないだろう、成功するなんて可能性は低い、という見方を常にしている。

こんなふうだから、奥様（あえて敬称）から相談を受けた場合にも、つい心配な点を指摘してしまい、「どうして、そんなに反対ばかりするの?」と叱られることが多い。だが、ものごとを成功させたかったら、とにかく徹底的に心配することが大事なのである。

多くの失敗は、楽観的な予測から生じている。まさか悪い事態が重なったりしないだろう、と勝手に思い込むし、そこまで酷くはならないだろう、と最悪のケースを考えない。考えないようにしている。

たとえば、スポーツ選手などは、試合のまえにもの凄い楽観的なコメントをするし、たぶん、会社の経営者、政界のリーダなども前向きなことしか言わないだろう。そうしないと、周囲がやる気を失うからだが、しかし、実際に心の中で思っていることはそうではないはずだ。

危ないのは、この種の楽観的な物言いを、言葉のまま真に受けてしまった人である。都合の良いことばかり考えてしまうので、やる気は出るかもしれないが、結果には絶望するしかない。悪いことを考えると、それに取り憑かれてしまい、ろくなことはない、などとおっしゃる方も多いのだが、これこそが失敗する人の精神論と呼ぶべきものだ。もう少し強い言葉であえて表現すると、「楽観は馬鹿でもできる」となる。

注意力は危険察知力

物事に注意をするのは、目ではなく頭の仕事である。つまり視力ではなく思考力だ。また、性格というか、脳のタイプが多分に影響する。デフォルトでは注意ができない脳もあるらしい。けれども、とにかくいつも自分に語りかけ、注意をしろ、心配しろ、どこかに落とし穴はないか、と危機感を煽《あお》ることとしかない。こういった「心配の努力」を怠っていると、必ずトラブルが起こるし、被害が大きくなる。なんというのか、まさに覿面《てきめん》といえる。

第24回
トラブルがあるのが普通

YouTubeに
動画をアップしたので、
興味のある方は、
Gyro monorail No.12で
検索してご覧下さい。

そこまで心配し、注意を怠らない、それでもトラブルは起こるのだ。避けられないとも言える。しかし、少なくとも大事に至らないレベルで止められるだろう。最終的にはそこに差が出る。だから、「どうせトラブルが起こるのだから、無駄な努力はよそう」は、間違った認識である。心配し、悲観し、注意した分だけ、成功の確率は高くなり、道はより安全になる。

おそらく、楽観的に考えてしまう頭は、「願望」に支配されているのだろう。望みや願いは、人間にとって不可欠な要素ではあるけれど、それを自分の「意見」「進め方」「方針」だと勘違いすると痛い目に遭う。願望とは、単なる目標にすぎない。その目標を達成するためには、悲観的観測が不可欠なのだ。

「石橋を叩いて渡る」という諺《ことわざ》がある。心配性や神経質が過ぎると、叩いた末に渡らない、となってしまい、これでは本末転倒だ。また、叩きすぎて橋に損傷を与える場合もある。心配しすぎることが仇《あだ》となる、笑えない事態も、実際にあるのだ。

どうしたら良いのか。つまり、どの程度まで石橋を叩くべきなのかを知っていることが大事である。それには、いろいろなレベルで心配し叩いた経験がものを言う。ここまで対処しても駄目だった、という段階を重ねていくことで、心配のレベル設定が最適化する。このあたりは、試行錯誤を続けて学ぶしかない。試してみて失敗するのは、「失敗の練習」である。データを蓄積することで、成功がしっかりと見えてくる。

最近の研究

大学にいたときの研究は、すべて後進に譲った。その後も個人的にいろいろ研究に手を出しているが、最も力を入れているのは、ジャイロモノレールである（詳しく知りたい人は検索して下さい）。

二〇〇九年から研究を始め、理論構築と実験を繰り返し、模型を試作して実証してきた。最終的な目的は、人が乗る大きさの実機を実現することだが、進みはとても遅いから、まだしばらく時間がかかるだろう。

昨年と今年は、模型の十二号機を製作し、庭園内で走らせている。普段遊んでいる線路のうち片側一本のレールの上を走る。左右に倒れず、バランスを取る機構を持っている。この乗り物は実用化はしない。何故なら、メリットよりデメリットが大きすぎるからだ。あくまでも趣味的な存在といえる。

したがって、非営利の個人研究者以外、見向きもしないだろう。その無駄さが、最高の贅沢である。

第25回　神と理屈はだいたい同じ

最初の一歩を踏み出す決断

　ジャイロモノレールの研究を始めたのは、模型の師匠ともいえる井上昭雄《いのうえあきお》氏がそれを作られたからだ。金属製の大きな模型で、何十時間も費やされた大作だった。けれども、ジャイロを回しただけでは自立はしない。結局その模型は機能しなかった。井上氏から「どうしたら良いだろう？　森さんだったら理屈がわかるのでは？」と相談を受けた。

　直感的に、僕は不可能だと感じた。できるはずがないと。成立する道理がない、と考えたからだった。

　ところが、調べてみると、道理はあった。百年もまえの文献に、数式が記されている。一般公開された情報だ。それなのに、誰もそれを解読しなかった。何故かというと、残っているのは、特許申請に使われた書類や図面ばかりで、つまり真似をされないようにわざとわかりにくく書かれていたのだ。

ジャイロモノレールは約百年まえに実物が存在した。今は残っていない。唯一現存するのは模型であり、これも動く状態ではない。方々を調べてみると、「あの技術はトリックだった」と述べられているものさえあった。見せ物の手品であって、実際には不可能な技術だと。

僕もそう感じたのだ。技術者の勘である。しかし、とにかく数式を最初からトレースし、理屈を確認してみた。すると、驚いたことに、どこにも間違いがない。物理的に成立する現象なのだ。

こうなると、なんとか実現してみたくなる。とにかく実験してみよう、と模型を作ることにした。

ところが、これが非常に難しい。理論どおりにはいかない。ジャイロが振動して制御が不安定になり、理論の作用を機械的に実現できないのだ。失敗を繰り返すばかりだった。もし、僕が井上氏のように実験からスタートしていたら、ここで諦めただろう。実現は無理だという結論に達したのにちがいない。おそらく、多くの技術者が、この百年の間に挑戦し失敗をしたのではないだろうか。現に、その種の記録も数例伝えられている。

しかし、理論は正しい。理論を理解することは、たとえるなら、神を信じるのと似ている。必ずできるという自信を生み、だからこそ、諦めずに実験を続けられる。

僕もそうだった。絶対にできるはずだ、とわかっているからその道を歩き始めたし、ゴールがあるとわかっているから進むことができる。なにか工夫が足りないからできないだけだ、と考える。無理なのでは、という疑問を最初から持っていない。そういう強さがある。

努力は苦しくない

神を信じる人は、それで良い。僕は理屈を信じる。最初に考えて、目標を定める。道筋を見通す。そうなったら、あとは最も簡単な「努力」をするだけで良い。バイトみたいなもので、誰にでもできるのが、「努力」である。一歩一歩進むだけ。ゴールを信じることの難しさに比べれば、努力はむしろ楽しいほど易しい、といえるだろう。

努力が苦しいのではない、上手くいかない場面になって、どうすれば良いかと迷うことが苦しい。わからないことが苦しいのだ。ここで、また理屈を編み出す。やることが決まる。するとあとはそれを試してみるだけだ。労力が必要で疲れることはあるけれど、迷いがなければ苦しくはならない。

結局、地図があって道がわかっていれば楽しいハイキングであり、道に迷ってしまえば遭難となる。この差は、正しい道を知っているかどうかであり、最終的には、生き方の理屈の有無ということである。

庭園内では
人間も犬も自由である。
どこへも行けるし、
なにをしても良い。
問題は、どこまでが
庭園内かだ。

理屈は、人の頭が生み出すものだ。それによって、苦も楽となる。がむしゃらに歩くのではなく、まずは自分の理屈をしっかりと持つことが第一。

ちなみに、成功した人のあとについていく場合は、道が既にある。理屈はなくても、安全な道を歩ける。この方法も無難ではある。先人に学ぶとはそういう意味だ。けれど、それではちょっとつまらない。楽しみは半減する。仕事は、楽しさよりも効率が優先されるから、それで良い。でも、自分の人生は、効率よりも楽しさを優先したいのでは？

ロングドライブ

数日まえに、奥様（あえて敬称）と二人で、二千キロほどのドライブをしてきた。四日かけてである。これだけ走ると、けっこう風景が変わるものだ。風景が面白いのは、老人の特性で、僕たちはもちろん老人である。

娘と犬たちが留守番だった。僕はこういうときに、簡単な遺書を書いて出かける習慣である。いつ死んでも良いと思っている。綺麗事ではなく、本当にそう信じている。

第26回 仮説で切り開くフロンティア

努力が難しい理由

理屈を持っていれば、あとは簡単な努力だけ、という話をした。しかし、多くの方が「その努力が大変なのではないか?」と疑問を持たれただろう。スポーツ選手とか財界人とか、成功した人が語る「苦しい努力」の積み重ね、それを乗り越えてこその功名、といったものを大勢の人がイメージしているだろう。

努力が苦しいと感じるのは、その道が正しいことを疑っている状態だからである。前回も書いたように、「道に迷った」と思うだけで、ハイキングは遭難になってしまう。そうなると、一歩一歩が苦しみになる。この「迷う」とは、何が正しいかを見失っている心理であり、つまりは、自分が信じられる理屈がない状態なのだ。

進む方向が間違っているとしたら、今進んでいる一歩一歩がすべて無駄になる。それどころか、むしろゴールから遠ざかる徒労かもしれない。そう疑うから苦しくなる。

このような場合、まず考えるしかない。一人でなければ話し合って、暫定的な対策を練る。このようにして、生まれるのが「仮説」である。

仮説であっても、なんらかの道理が必ずある。正しそうだ、という雰囲気がある。それをとりあえず信じて、つまり、仮説が正しいと思い込んで、また歩き始めるのだ。

しばらくして、仮説がやはり怪しいことがわかるか、それとも、仮説が正しそうだと嬉しくなるか、いずれかに分かれる。

このようなことを繰り返して、人間は物事を進める。人生もまったくこれと同じだ、と僕は思う。

「仮説」を持つことの大切さ

研究を進めていく過程は、この仮説の構築と、それを実証することとの繰り返しである。現象を説明するために仮説を組む。きっとこんな理屈で成り立っているのだろう、と考える。あるときは数式であり、あるときは単なる方向性である。

しかし、これがないと、ただ闇雲に試すだけで、とてもではないが、努力が続かない。しんどい話になる。やはり、きっとこれが真理だ、と一時でも信じられるものが人間には必要なのである。

「ペダルカー」と
名づけた人力機関車。
意外にも家族に大好評で、
かつてない理解を得ている。

チームでプロジェクトを進めるときには、各自の仮説の確からしさを比べることになる。誰の仮説を採用するかは、理屈の強さによる。多分に感覚的なものだが、たとえば、簡単な仮説の方が複雑な仮説よりも強いというのは、理系では一般的な法則だろう。また、一つの仮説が沢山の事象を説明できれば、仮説の強さが示される。

そういった理屈の確からしさを信じて、大勢で進む方向を決める。みんなで決めたことだから、あとはそれに従って各自が自分の作業に力を注ぐしかない。

この努力の時間が長く続き、そのわりに成果が得られないと、だんだん疑う気持ちが膨らんでくる。もしかして仮説は間違っているのではないかと。そして、あるとき、また話し合いになり、別の仮説に乗り換えた方が良いのではないか、となるわけだ。少なくとも、努力によって、その仮説を否定するデータが増えているから、状況は変わっている。やったことは完全な無駄ではない。視点が変わった効果はあったのだ。

研究がこのような試行錯誤の繰り返しになるのは、前例というものがないためだ。成功した例が過去にない。フロンティアだからこそ、研究しているのである。

人生も、あなたが生まれて、あなたが生きているのは、世界で唯一の条件であって、過去にあなたが生きた例はない。誰も研究していないし、どこにも発表されていない。人生とは、フロンティアなのだ。

あなたの生き方は、あなた自身が研究し、あなたの仮説をあなたが試してみるしかない。自分の仮説を信じて進み、駄目ならば、仮説構築からやり直す。この繰り返しこそが、「生きる」ということなのである。

庭園内サイクリング

二年まえ、ジェットエンジンのテストをするために中古の自転車を購入し、その荷台にエンジンを取り付けた。どれくらい推力があるか試したところ、絶大なパワーで、山道も登るし、ブレーキをかけっぱなしで走らなければならなかった。この実験結果を踏まえて、ジェットエンジン機関車を製作したのである。

役目を終えた自転車が残っていたので、パイプを切り、ペダルの部分だけを使って、人力機関車を製作した。シートに座ってペダルを漕いで走る鉄道車両に生まれ変わった。このところ、毎日これで庭園内を一周するのが日課だ。速度計と距離計も装備。庭園内のコースが一周で五百二十メートルあることもわかった。さて、今は二つのタイヤが残っていて、この使い道を考えている。

第27回

気持ちを気にしすぎる気持ち

コメントって何？

この文章が公開される頃には、もう終了間際だが、「犀川創平《さいかわそうへい》ＡＩ」というネットのイベントがあった。講談社が僕の本のプロモートで企画したもので、人工知能の犀川（小説のキャラクタ）がみんなの相手をして会話をしてくれる、というものだ。僕はまったく関わっていないので無責任に書くけれど、もの凄くとんちんかんだったのでは？

ところで、森博嗣はデビューした当時（一九九六年）、読者からのメールにすべて答えていた。全部である。これを十二年くらい続けた。このプロモートはけっこう効いたと思う。これからは、それをＡＩがやってくれる時代になったということだろうか。もう少しさきかな……。

当時、森博嗣に宛てて書かれた読者のメールは長文が多く、オリジナリティもあり、読んでいて勉強になった。だから、返事が書きやすかった。今回、ＡＩに対して、それほど情報量のある会話をしようとした人は非常に少ない。ツイッタだからこうなるのかもしれないけれど、挨拶か、ちょっとした質問（「コーヒーはいかがですか？」みたいな）か、あるいは、小説の中の台詞そのままのものが大部分だった。

受信オンリィが多数になった時代なのかな、とも感じてしまった。会話をしたい、でも、何をどう話しかければ良いのかわからない、という人が多かったのだろう。きっと、実際の対人関係でも、「発信不得手」がジレンマとなるのではないか。

この「犀川ＡＩ」企画について、マスコミからコメントを求められた。そこで僕は困ってしまったのだ。というのも、僕には興味もなく、特にコメントはない、というのが素直なところだったからだ。

僕自身、おしゃべりではない。でも、小説は書ける。小説の中でおしゃべりな人も書ける。そんな僕でも、コメントというのは難しい。

コメントって何だろうか？

多くの場合、「よろしくお願いします」といった言葉を引き出したいのだと思う。英訳が難しい日本語特有の台詞《せりふ》で、なんとなく自分はそれに寄り添っています、という姿勢や立場を表明したものである。しかし、正直な僕は、どうして僕がよろしくお願いしないといけないのか、その理由がさっぱりわからないのだ。それに、僕がお願いしたところで、相手にどの程度の効果があるのかも疑わしい。

「よろしく」の意味は何か?

笑顔で対応しているイメージだろうか。好意的な感情を言葉で示しているのはなんとなくわかる。たぶん、表情に乏しい日本人だからこそ編み出されたものにちがいない。

寄り添えない人の道

基本的に、僕は感情で仕事をしているのではない。ここを間違えないでほしい。対価が得られるから、労働をしている。やりたくてやっているのではないから、そもそも意気込みというものがない。だから、コメントを求められたときに「よろしく」という笑顔が素直に出てこないのか……。きっとそうだろう。

現代人の多くは、「気持ち」を大切にしている。周囲の気持ちを読み、自分の気持ちを同調させる。みんなと同じ気持ちになろうとする。同じように感じなければならない、という強迫観念に支配されているようにさえ見受けられる。

そして、自分の人生についても、みんなの気持ちを気にして、人に寄り添った人生を思い描こうとする。これが上手くいく場合は良い。だが、そうでない人もいる。寄り添おうにも、相手がいない人だっているのだ。そうなると、自分の気持ちまで不安定になって、ついには自滅の道へ突き進む。自滅ならまだ良い方だ。他者に認められたい気持ちがある

第27回 気持ちを気にしすぎる気持ち

まだ落葉は少なく、
線路が見える。
庭園鉄道は年中無休なので、
この時期は落葉掃除が日課。

ためか、社会を巻添えにした破滅を演出しようとする例もある。

そんな悲劇的なことを、ときどき考えてしまう。そうなりそうな人は、まず、自分に寄り添った方が良い。自分の気持ちをじっくりと理解すること。無理に、他者を自分の人生に取り入れる必要はない、と考えることで危険を避けられる。

それで、コメントは？

どうコメントしたかというと、「質問して」と要求し、相手の問いに答えた。だいたい、マスコミの質問は、「森先生はAですが、Bについてはいかがですか？」と一般化できる。僕の答は、「いいえ、僕はAではありません」か、「僕がBをどう思おうと、Bには無関係です」のいずれかである。

よくわからない人は、「あなたは白鳥座についてどう思いますか？」という質問に答えてほしい。

今は、毎日庭に出て落葉掃除をしている。僕は、落葉についてなにもコメントはない。僕がどう思おうが、秋になれば葉は落ちる。

第28回 理屈による説得は難しい

仮説は他者には効かない

目標に向かって前進するためには、正しいだろうと思える方針（仮説）を構築し、まずはそれを信じて進むしかない、という話をしてきた。別の言葉で言えば、これが「自分を信じる」という意味だ。

小さな成功を手に入れたとき、やり方は間違っていなかった、仮説は正しかったのだ、と自信を持てるようになる。一時の楽観ではある。

喜ぶのは早い。二つの落とし穴を指摘しておこう。

一つは、そこまでは良かったかもしれないが、その先も同じ仮説で通用する保障はない、ということ。仮説の確からしさが部分的に証明されたにすぎない。また、常に条件は変化しているのだから、同じ仮説のままでこの先も良いのか、と吟味する必要があるだろう。

たまたま、別の要因で成功した可能性もある。極端な例だが、ある占いを信じて買った馬券が当たったからといって、その占いが正しいとはいえない。仮説には理屈が必要であり、当然ながら、その理屈は科学的でなければならない。

もう一つの落とし穴は、成功したからといって、その仮説によって他者を説得できる、と考えるのは間違いだ、ということ。

人間というのは、自分の仮説は信じても、外部から押しつけられた仮説には基本的に懐疑的である。理屈よりも結果を注目する。つまり、成功したという現象を見て、仮説に興味を持つ、というだけである。自分の仮説を他者に押しつけ、この方法でいける、と後押しするのには慎重になった方が賢明だ。

理屈よりも結果という現実

たとえば、学校の先生とか、あるいは両親とかが、人間はこうあるべきだ、という教訓を語ったとしよう。これは理屈だ。理屈は、応用範囲が広いけれど、多分に抽象的である。それに比べると、友達が楽しいことをしている、あるいは、見かけが格好良いアイドルがいる、などは、結果を見せられている。理屈ではない。子供や若者たちは、どちらに魅力を感じるだろうか?

第28回
理屈による説得は難しい

毎朝の散歩道。
もちろん氷点下。
既に畑は終わっているので、
この時期はここで
ラジコン飛行機も飛ばせる。

今、これをすれば来年にはこんな良いことがある、というのが人生の抽象的方針だが、それよりも、目の前にあるケーキに手を出してしまうのが子供だろう。結果は、方針よりも常に具体的であり、直接的に人の心を揺さぶる。これこそが、「現実」という落とし穴である。

この落とし穴に嵌《はま》らずに生きるためには、どうしたら良いだろうか？

理屈を信じるには、何が必要だろう。少し考えてもらいたい。幾つか方法はある。まず、理屈を信じて結果を得る経験、その喜びを実際に体感して、理屈の強さを自身で味わうこと。失敗から学ぶという言葉はあるけれど、それよりも、小さな成功から学ぶ方が、順当な道だと思われる。ただ、そこで思い上がらないことが大切だ。

この逆で、理屈を信じなかったために陥った失敗を糧《かて》にする方法もあるけれど、できれば避けたい道である。誰だって、失敗は辛い。それが人情というものだろう。

単純なスポーツだって駆け引きがある。人間の社会は複雑だ。結局、目の前のケーキに手を出してしまう人たちから搾取する構造が、今の社会の基本的仕組みなのだ。これは、非常に明確な道理の一つである。

まずは、搾取されないこと、あるいは、搾取されていることに気づく自覚が大切で、それだけでも、道はずいぶん歩きやすくなるだろう。

理屈というのは、人間が持てる最大の武器なのだ。理屈を作ることが知性である。どうすれば良いか、と考え続け、工夫を怠らない。そうすることで、自分が生きやすい道がしだいに整備されていく。

繰り返すが、大事なのは、他者の理屈ではなく、自分の理屈によって進むことである。誰にでも通用する理屈というのは、数学や物理学だけだと思ってまちがいない。そう僕は感じている。それほど、人間社会の中で、個人を活かしたり、個人を駄目にしたりする理屈というものは、千差万別だ。

ここに書いてあることだって、あまり信じない方が良い。役に立ちそうなところだけ、軽く掬《すく》い取って自分のために活用しよう。

冬は工作と実験

そろそろ寒くなってきた。秋は庭園内の落葉掃除に明け暮れるのだが、そのうち雪が積もってできなくなる。こうなると、春まで中断せざるをえない。

そのかわり、暖かい工作室で、毎日金属を切ったり、削ったり、また、なにかを測定したり、試したり、といった活動になる。

一年の半分は、そんな屋内活動を楽しむ。冬の研究成果を活かせる春が、今から待ち遠しい。

第29回 流線型に思いを馳せる

流線型が格好良い

流線型という言葉をご存じだろうか。知っていても、その言葉に対する印象は、年代によってだいぶ違うはずだ。「流線」とはstreamlineであり、流線型は、簡単にいえば、「流れを乱さないような形」の意味になる。この場合の流れとは、その形の周囲の気体か液体の運動であって、相対的に止まっているものには、流線型は無意味だ。

乗り物などが走ったり飛んだりしたときに、空気や水の流れがスムースで乱流を生じさせないような滑らかなボディラインのことであり、その最たるものは、飛行機や潜水艦だろう。ごつごつしていない、すっきりとしていてスマートな形だ。

流線型が流行したのは、百年ほどまえのこと。もともとは、飛行機や飛行船のデザインであったものが、鉄道や自動車に応用され、一般に広がった。鉄道も自動車も大して速く走れない時代だったのに、形が格好良く見えるから、というファッション的理由で人気が集まった。

蒸気機関車も、この流行を取り入れ、滑らかなボディになった。日本も例外ではない。あの突起物の多い雑然とした外見の蒸気機関車に、カバーを被せたのである。残念ながら、あまり効果がなく、点検をしたり、ちょっとした修理をするのにカバーが邪魔で、のちに外されて、元に戻ってしまった。早い話が失敗だったのだ。

もっと身近なところでは、自転車に乗る人が被る帽子とか、あるいは、バイクのヘルメットが流線型だったりする。だいたい、前は丸くて、後ろは尖《とが》っている場合が多い。流線型は、ようするに周囲に空気や水があるから生じる抵抗を、できるだけ少なくするための工夫であり、空気も水もないところでは、無用のものだ。宇宙空間を飛ぶ宇宙船は、どんな形だろうが関係ない。

高速で飛ぶ鳥や、高速で泳ぐ魚などの形から、人間は格好良さを学んだわけだが、既に自然界の速度を超越している現代では、だんだん奇妙な形になりつつある。カモノハシみたいな新幹線とか、僕の世代から見ると、正直「格好悪いじゃん」と感じるのだが、これも、もちろん流線型であることにはちがいない。

流線型の生き方

人の生き方、そのライフスタイルにも、僕は、流線型をよくイメージする。形が悪いと、周囲で乱流や渦が生じて、前進するための抵抗になる。人間社会は、空気よりもずっと密度も粘性も高い。どろどろと濃くて、ねばっとしているのだ。そんな中で人よりも違った動きをしようものなら、たちまち大きな抵抗に遭う。その抵抗は、速度に比例している。目立ったことをするほど、いろいろな邪魔が入るのだ。

こういったときに、日頃から自分のフォルムを整え、洗練させ、表面を滑らかに磨いておくと、すっと抜け出すことができる。そういう人は、動いても周りが乱れないからだ。「あの人は、ああいう人だから」と周囲も諦めてくれる。そういう効果も、流線型が醸《かも》し出すのだ。突き詰めると、表面における付着が少ない形、ということになるだろう。

逆にいえば、このように周囲を乱さずに速く走れる人の生き方が、格好良く見える。「どうしてあの人の周囲はあんなに理解があるのだろう?」と普通の人は不思議に感じるかもしれない。

自分の好きなことができない人がよく口にするのは、この「周囲の理解が得られない」という抵抗感である。「家族の理解が必要」みたいに言う場合もある。

ドイツの流線型
蒸気機関車の模型。
実機同様、ボイラを火で熱して
蒸気の力で走る。
実機も模型もピンク色。

ところが、周囲の理解とは、ねっとりつながっている状態であって、結局は、その理解が抵抗になっていることに気づいていない人が多い。

「家族の理解」を「自由にさせてくれる」みたいな意味に使っているのだが、日頃は、縛られている状態を「理解」と言っている。この矛盾に気づくか気づかないかが、自由人になれるかどうかの分かれ道だろう、と僕は思う。

かまってほしいのか、放っておいてほしいのか、どちらなのだろう?

少なくとも、人の生きる「形」は、スイッチで簡単に切り換えられるようなものではない。どのくらいのスピードで走りたいのかを想定し、それに合わせて自分のフォルムを決める以外にないだろう。

乱流が好きだ、摩擦も愛している、という人生もあるけれど。

執筆の季節

毎年、秋から冬にかけて、小説を執筆することにしている。毎月一作書いて、来年発行予定のノルマを片づける。今年も例外ではない。あと一作書けば、来年分は終わり。

発行予定は、さらに再来年まで決定している。道が先まで見えないと、恐くてスピードが出せない。

第30回　矛盾の活用

ジレンマを抱えて生きる

好きなことをするためには家族の理解が必要、と言いながら、家族の絆を期待している矛盾について前回書いた。今回は、この「矛盾」というものに焦点を当ててみよう。

若いうちは苦労した方が良い、なんて台詞をよく耳にするが、歳を取ってしまうとできなくなることは数多い。若者はうすうすこれを知っている。「もう少し若ければ」と言って尻込みする老人たちを大勢見ているから、できるのは今のうちだ、と勘づいているのだ。

長生きはしたいけれど、年寄りにはなりたくない、なども大いなる矛盾である。同様に、子供に対しても、早く成長をしてほしいと願いつつ、可愛いままでいてほしい、と思っていたりする。

いつまでも子供と一緒に楽しく暮らしたい、といった人生のイメージを持っているのに、自分の親と同居は嫌だ、と考える。矛盾しているというよりも、虫が良いだけか。

最初に挙げた例のように、結婚はしたいけれど、拘束されたくない、という矛盾もある。以前は、結婚しないと一人前と認めてもらえなかったが、今は独身者が増えたから、さほど目立たない。だったら、自分の好きなことができる人生を選択しよう、という人は増えているだろう。ようするに、結婚による拘束感を嫌っているのである。これは、子供や家族についても同じで、そういうものに縛られたくない、と考える人が明らかに増えている。

悪くないと思う。いろいろな生き方が自由に選択できるようになったことは、とりあえず喜ばしいことだ、と僕は素直に受け止めている。

少子化を心配する人もいるけれど、僕は大賛成である。人間が多すぎる。半分くらいにしてもらいたい。それがあらゆる環境破壊を遅くするし、またエネルギィ問題も解決するだろう。きっと平和にもなるのでは、と期待している。

でも、人数が減ったら寂しいじゃん、と感じる人もいるはず。まあ、そうかもしれない。でも僕は、寂しいのも大好きなのである。いけませんでしたか?

矛盾を活かす生き方

ここでいう矛盾とは、両立しない選択肢を抱えている状態のことだ。なんとか両立させ

ここが工作室。現在は、ジャイロモノレールの実験を行っている。一番奥にイギリス製の旋盤がある。

よう、と考えるのは甘い。両立させられるようなキャッチを謳って、商売をする人がいるけれど、両立しない道理があれば、それは無駄な考えといえる。

両立とは、ほとんどの場合、どちらつかず、中途半端になるだけである。そういう選択もあるけれど、もし、自分はとにかくとことんやってみたい、という人は、まずは片方に専念すべきだろう。

ただ、ここでいう選択とは、思考の選択ではない。行動の選択である。行動は片方しかできない。それは肉体が一つしかないからだ。しかし、思考はそうではない。思考は矛盾を矛盾のまま取り扱うことができる。人間の頭脳はそれだけの容量を有している。集中できない、という人もいるかもしれないが、そういう頭もある、というだけのことだ。

僕は、そもそも、集中した思考というものに、あまり価値を見出していない。頭は集中しない方が良い。いろいろ考える、つぎつぎ発想が飛ぶ方が好ましい、と感じている。

頭の中では矛盾する道を同時に歩くことが可能だ。実際に一方を歩いているときだって、架空の道を考えることができる。今はできないけれど、いつかそちらへ行けるかもしれない。矛盾するからといって、思考まで切り捨てるのはもったいない。

矛盾を活かす、というとやや大袈裟かもしれないが、僕はほぼこのとおりに意識している。今は矛盾しているからできない。しかし、いつまでも矛盾のままかどうかはわからない。あるとき、矛盾が解消するかもしれない。そうなったときに、ではそちらもやってみよう、と即座に進めるように頭の片隅にいつもその道を残しておくことが大事だと思う。
これまでに、何度もそういった思いをした。簡単な言葉でいうと、「潔《いさぎよ》く諦めない」ということ。

歳を取りました

これを書いている今日は、僕の誕生日だった。奥様（あえて敬称）が、好きなものを言えというので、夕食はタコスになった（半分はタコライス）。あと、お昼は二百キロほどドライブに出かけて、スタバのカプチーノを飲んできた。

若いときには、五十歳まで生きるのがせいぜいだろうと考えて、人生計画を練ったため、今はロスタイムみたいなもの。まさに余生だ。長生きしたいとは思っていないので、三十五年以上、病院に一度も行っていないし、薬の一錠も飲んでいない。生に執着しないから健康、という大いなる矛盾かもしれない。

第31回

「死」について考えよう

死に方を想像する

生き方について考えることは、結局は死に方を考えることでもある。これは、小説を執筆するときも同じで、物語を書くというのは、物語をどう終わらせるかを考えることとほぼ等しい。

もう少し説明をすると、生きている状態というのは、例外なく「死ぬ途中」である。どんなに成功していても、どんなどん底にあっても、それがその人の最終的な結果ではない。スポーツを見ればわかるが、途中どんなに押していても、試合終了時に勝っているか負けているかで、評価は決まるのだ。

もちろん、評価なんかどうでも良い。自分の人生は自分のものだ。死んだときにその人の価値が決定するといったところで、そのときには評価を受ける自分がいなくなっているではないか。そんなの全然面白くない、との意見ももっともである。そういう「死に方」

もある、と思う。

僕自身は、人間も動物であって、野垂れ死にするのが本来である、と考えているから、死ぬときの状況はさほど気にならない。家族に看取られようなんてこれっぽっちも望んでいない。それに、まえにも書いたけれど、長生きしたいという欲望もまったくない。ただ、一つだけあるとしたら、できるかぎり苦しみたくない、ということである。これくらいは、望んでも良いのではないか、と感じているが、いかがだろう。

僕は、病院に何十年も行っていない。風邪薬も頭痛薬も一切飲まない。苦しいときは寝ることにしている。眠れないくらい苦しい病気も幾つかしたけれど、救急車を呼ぶまえになんとか治った。一番酷いときは三日間苦しんだ。もう諦めようかと思った頃に少しずつ良くなり始め、もしかして、まだ生きられるのかな、と思ったのを覚えている。

そんな僕であるから、もし具合が悪くなったら、とにかく、痛みや苦しみを避ける治療をしてもらうことはあるだろう。でも、病気を根本的に治してほしい、とは思わないし、また、この治療をすれば寿命が延びる可能性がある、といったものもご免だ。だから、健康診断も不要。

ようするに、延命治療は望まないということである。それから、もし合法になったら、是非とも安楽死で死にたいとも考えている。自分の判断で死ねるのは、大いなる自由だと思う。僕の場合、これは若いときからの希望だった。ただ、人にはすすめない。人は皆、それぞれ自分の生き方があるだろう。それが自由だ。

命懸けが普通

死について考えるというのは、若者には難しいかもしれない。しかし、仕事でもなんでも、たいていは終わりというものがある。プロジェクトにも業務にも、区切りがあって、そこでその作業は一旦終わる。これは、その役目が死ぬことだと認識すれば良いだろう。よく「死ぬ気で頑張れ」などと言うが、死ぬ気にならなくても、どうせ最後は死ぬのだ。終わったときには、もうその仕事については取り返しがつかないし、やり残したことがあってもできない。次の仕事で、生まれ変わったつもりで頑張るしかない。次の仕事があればだが……。

そもそも、生きていることが、命懸けであり、死ぬつもりで頑張っている状態なのである。死に物狂いなどというけれど、生きているものは例外なく死に物狂いなのだ。

眠くて起きられない、だらだらと時間を過ごしている、今日も酔っ払ってしまった、毎日こんなふうで良いのだろうか、と考える人も、それはそれで、そのまま死に物狂いだといえる。その状態こそ、その人の精一杯の生き方かもしれない。

まずは、忌み嫌うことなく、死について真面目に考えてみよう。考えただけで死ぬわけ

近所の池のカモたち。
餌をもらえると思って
寄ってくる。
だから、「良いカモだ」と
言われるのだろう。

ではないから、安心してじっくりと考えることが大事である。誰の死でもない、自分の死なのだから、あなたしかそれを考える人はいない。

生というものは、死と切り離すことはできない。有るか無いかではなく、表裏だと思う。どちらかが、たまたま上になっているだけだ。

宗教的な話をしているのではない。死を考えることは、きっと現在の生を少し有意義にしてくれる切っ掛けになるだろう。

除雪車の整備

雪に備えて、庭園鉄道の除雪車を整備している。以前にその写真をここで紹介したが、モータで駆動するタイプで、エンジンの発電機も搭載している。これを最近はハイブリッドと呼ぶようだが、そんなに新しくもないし、珍しくもない方式で、既に実機では多数の実例がある。

時代に逆行し、エンジンでロータを回す方式に改造しようとしている。その方が手軽だからだ。雪はまだ当分降りそうにないが。

第32回 まとめるな、まとまるな

まとめたがる人たち

最近のネットの特徴の一つでもあり、また、年末になると自然増殖するのが「まとめ」なるもの。

コンテンツとして、需要があるからやっているのかどうかはわからないが、とにかく、自分から新たに生み出すのではなく、現状を取りまとめるだけの作業である。調査ならばまだ労力が必要だが、ただ個人の好みを「ベストテン」みたいに集計している馬鹿な内容も数多い。

マスコミが、これをする傾向にある。新たに取材をする必要がない。既存のコンテンツから、良いところを引っ張り出してくるだけだ。面白いものを集めるのだから、つまらないものにはなりにくい。コストパフォーマンスに優れている。マスコミは商売だから、これをやらないわけにはいかないのだろう。

しかし、それを見て、個人でやって自己満足している光景は、少々痛い、と感じるが、いかがか。

おそらく、ネット時代の子供たちは、学校の宿題というか、休みの自由研究などでも、ネットからただ集めてくるだけの「調査」をして、それが研究だと思い込むのだろう。

研究論文には、最初に「既往の研究」なる章がある。そのテーマの研究の動向を取りまとめた内容だ。これをしないと、研究が始められない。だが、この部分は研究ではない。研究の現状を知ることが、スタート地点であり、そこから研究者は自分の道を切り開くのである。これを「考える」という。

つまり、まとめるだけの行為は、なにも「考えていない」のだ。考えるために、スタート地点に立って、走り出そうとしている姿勢である。

考えていないから、オリジナリティもない。「着眼点」くらいは評価できるけれど、それはただ目を向けただけにすぎない。そこから観察することも、まだ始まっていない。

一番感じるところは、とにかく多くの人が考えない人生を送っているのだな、ということである。

けっして最悪ではない。平和だし、省エネである。そういう消費だけの人生もあって良いだろう。ただ、少なくとも楽しさはない、と僕は知っている。僕が「考える」理由は、この一点だけだ。

第32回
まとめるな、
まとまるな

外は氷点下十度以下だが、
室内は床暖房のため常時二十度。
このバスはラジコンで、
家の中を走り回っている。

まとまりたがる人たち

なにかというと、集まりたがる人も沢山いる。本来、人が集まるのは、一人ではできないようなプロジェクトに挑むことが目的だっただろう。個人の能力には限界がある。だから、力を合わせて大きなものを作ってきた。人間社会の基本的かつ代表的な方針の一つといえる。

しかし、今日、それらはほとんどの仕事に既に取り込まれている。一方で、たとえば、伝統的な祭りなどは、何のための集いなのかは曖昧になりつつある。五穀豊穣《ごこくほうじょう》を祈っていても、誰も本当に効果があるとは信じていないだろう（稀に信じている人もいるとは思うけれど）。

忘年会や新年会の類も、目的は不明である（酒が飲みたいならば、一人で飲めば良い）。なんとなく自分たちが勢力を持っていると錯覚したいだけの気分イベントといえる。

そういった集会が好きな人は、出席しない人を仲間外れだと思い、「あいつは寂しい奴だ」と非難するかもしれない。逆に、集会が嫌いな人は、「馬鹿が集まっている」くらいにしか思っていない。以前は、前者が多数派だったが、この頃は、少数派が伸びている気もする。いかがだろうか。あなたはどちら？

いずれにしても、自分の派が正しいと思い込むことが馬鹿である。どちらでも良い。集まりたければ集まれば良いし、集まりたくなければ一人で楽しめば良い。否、一人とは限らない、二人もありか……。

大事なことは、反対派のことを意識しすぎないことだろう。相手を非難しないと自分たちのアイデンティティが確保できないというのは、それこそ非常に危うい状況といえる。声を上げて、「○○反対！」と叫んでいる人たちは、その声の大きさだけ、自分たちの立場が危ういことに危機感を抱いている。だから、叫ばざるをえないのだ。

たとえ少数派であっても、自分の信じる道が正しいと思う人は、叫ぶことはないし、相手を非難することもない。その必要がないからだ。

年末年始ですが、なにか？

森家では、特になにもしない。初詣《はつもうで》などしたことがない。

僕は神様の能力を信じているので、わざわざ出かけていかなくても、こちらの事情も願いも、すべてお見通しだと認識しているからだ。また、神様を信じているから、厄年だろうが、災いがあろうが、不信心で罰が当たったとも考えないから、一切の儀式をしない。

年末年始に仕事を休んだことは一度もない。神様は常に我とともにある。

第33回「自分を信じろ」は正しいのか？

自分は絶対に間違える

僕は、二十四歳で地方の国立大学の助手（現在の助教）に就職し、ちょうど、同じ四月に結婚をした。そのとき同僚たちがお祝いにくれたのがパソコンだった。また、就職先は、学科が創設されたばかりで、研究室にもまだ設備がまるで整っていなかったのだが、何故かパソコンが一台あった。ちょうど、NECの8800シリーズが出ていた頃だから、まだ8ビットの時代である。

それまで、コンピュータというのは、計算機センタで使うマシンのことを示す言葉だったのに、急に小さくなって自分の目の前に置かれるようになったのである。

こんな環境だったから、仕事場でもまた家庭でも、ずっとプログラムを作った。どうしてかというと、まだ市販のソフトはなく、自分でプログラムしないと、なんの役にも立たない代物だったからだ。ゲームもすべて自分でプログラムしたし、表計算ソフトも、グラフィック処理ソフトもすべて一から考えて自作した。研究に役立つ演算プログラムなど、ゲームに比べたら簡単この上ない、というのが、当時の印象だった。

プログラミングをした経験のある人は誰もが知っていることだが、入念にプログラムを作っても、走らせてみると必ずエラーが出るものだ。これは当たり前のことで、プログラムが一通り書き上がった時点が出発点ともいえる。走らせては結果を観察し、エラーを取り除き、間違いを正していくプロセス（デバッグと言った）が延々と続く。

どうしてこんな間違いをするのか、何故思ったとおりに動かないのか、こんな状況は予想もしなかった、という驚きの連続となる。

ここで学ぶことは、「人間は絶対にミスをする」という現実である。どんなに確信があって、いかに慎重に熟考したうえであっても、絶対に間違いがある。コンピュータが予想外のとんちんかんな動作をしても、それはすべて、人間が間違ったプログラムをしたからなのだ。

「自分は絶対に間違える」という信念こそが、エンジニアの基本的な姿勢である。これは、おそらくエンジニアでなくても、広く一般に通用する精神だろう。

自分の信じる道を貫け？

自分を信じない。絶対にミスをする。そう考えていれば、トラブルの多くは想定内となる。異変があっても慌てず、処理ができるし、また、そうならないための対策を何重にも準備することができるだろう。

世間では、「自分を信じていけ」という言葉がよく聞かれるみたいだが、自分を信じて失敗することは数多い。これを「過信」という。「自分の相撲を取るだけです」と言って負けた力士は、「自分の相撲」が悪かったことを反省するしかない。

自分の能力を信じないからこそ、対策が打てるのだ。自分の持っている商品は絶対に良いもので、売れないのはＰＲが足りないだけだ、と信じる人は、商売には向かない。それは、芸術家の驕《おご》りに近いものだ。

自分が良いと思うことを貫け、という教えは、趣味の道ならば正しい。しかし、相手があるビジネスでは、自分が正しいかどうかではなく、相手が何を求めているのか、を知る必要があるだろう。自分が信じるものに価値があるのではなく、他者が求めるものに価値が生じる、というのが商売の原則だからである。

スポーツも相手がある。勝ち負けがある。そうなると、自分の相撲は、相手によって変

第33回

「自分を信じろ」は正しいのか？

昨年開通した
木造橋を渡る列車。
雪は滅多に降らないが、
一度降れば、
四月まで解けない。

えていかなければならないはずだ。

もし、小説家が芸術家ならば、自分の好きなものを書く、書きたいものを書くのが正しい。しかし、小説家が仕事ならば、求められるものを書く、が正しいだろう。それが、その道における基本的な姿勢である。

現在の子供たちは、きっと親からも先生からも、「自分のやりたいことをしなさい」「信じる道を進みなさい」と教えられている。これは、豊かな社会の「ゆとり」といえる。だが、現実はそうではない。みんなが芸術家になれるわけではないのだ。否、たとえ芸術家であっても、昨今はビジネスセンスが求められるにちがいない。

雪の季節

日本の大寒波がニュースになっていた。フランスもロシアもそうだ。温暖化するほど、気象は荒れる。それなのに、誰も火力発電所に反対しないのはどうしてなのだろう？

温暖化を棚上げして、僕の庭園鉄道は年中無休である。雪が降ったら、除雪車が出動して、その日のうちに全線復旧。

真っ白な森林の中を一人走る。とても寒いけれど、それを我慢する価値がある。スイスの氷河特急くらい美しい。このときだけは、自分を信じても良い、と思うのである。

第34回　自分が信じるものの価値は？

自分が信じる道は正しいか？

「自分が信じる道」を、ときどきは疑った方が良い。もしかしたら、間違っているのではないか、という疑問を常に持っていた方が安全である。どうも、「信じる道」なんて言われると、それはもう絶対に正しいものだ、と思い込んでしまう。演歌の世界になってしまうのだ。

特にこの頃では、「自分を信じろ」と言いたがる。なんか、自信過剰の子供を育てているみたいだ。それも、本当の自信、それぞれの個性に適した分野での自信ならばまだしも、とにかく、なんでも頑張って突き進めば、きっと成功するのだ、という魔法のような効果を自信に込めようとしている。

「絶対に私は勝つ」とか、「俺は絶対に失敗しない」とか、そういう台詞を、ドラマ以外でもし本気で言う人間がいたら、あまり近づかない方がよろしいだろう。

そんな人は信頼がおけない。信頼とは、そういった強気の発言によって成立するものではない。とにかく心配して、悲観して、「大丈夫だろうか？」「本当に上手くいくのか？」という疑問を克服する以外にない。あらゆる対策を練って、それでも足りないと感じる精神こそが、真の信頼を生み出す。信頼できるのは、最後の最後まで「運を天に任せない」人間であり、このタイプの人が、結果として、成功する人間として残るのだろう。

一言でいえば、「人知（あるいは人事）を尽くす」である。あらゆるエラーを想定し、対策を練っておく、何重にも防御策を築いておく、といった用意をしたうえで、もしなにごともなく無事に過ぎたとき、このタイプの人は初めて、神様に感謝するだろう。「成功したのは本当に幸運だった」と素直に言える。この最後の言葉だけを、言葉のまま真に受け、必然的に失敗した人は「自分には運がなかった」と呟く。

そこには明らかな「運」の格差がある。それは「人知」のレベルが最初から違っているからだ。そのことに気づいていない人は、宝くじを買って夢を見る。人知を尽くすこともなく、ただ神頼みになる。

「偶然」を力だと錯覚する

僕は若い頃、数学が得意だった。というよりも、それ以外が不得意だっただけだ。覚え

第34回
自分が信じる
ものの価値は？

オーディオルーム。
窓の外は真っ白で、
とても眩しい。
どこまでも滑らかに
雪原が続いている。

なければならない学科は、覚えられない人間には無理なので、最初から勉強を諦めていた。数学だけが、なにも覚えなくても良かったから、ハンディがない。

特に応用問題が好きで、計算を沢山しなくても良いのでミスも出ない。このような問題が解けない人から、どうやって発想するのか、ときかれたら、「偶然思いついた」としか答えようがなかった。

つまり、僕の数学の能力は偶然に頼っていて、僕自身の力とは信じられない。偶然思いつけるなら、偶然思いつけないときも当然あるだろう。したがって、自分はこれが得意だという認識はまったくなかった。なにしろ、発想の方法が自分でもわからないのだから、と自分の能力を悲観するしかない。

中学生のときだが、一度だけ数学で悪い点を取った。そのときは風邪をひいていて、鼻がぐすぐすで、しかも計算問題ばかりで、一所懸命やったのだが、できなかった。

そこで、以後は試験が近づくと、風邪をひかないように対策を練ることにした。体調くらいしか、準備するものがなかったのである。

この時期、大学の先生は、入試の監督をさせられる。センタ試験と二次試験の両方だ。どうして、こんな寒い時期にやるのか気が知れない。

センタ試験では、ほとんどの高校生が受験する。その試験会場の教室では、大勢が鼻をすすっていて、その音を聞くはめになる。ところが、二次試験になると、教室はシーンと静まり返っているのである。マスクをしている人は多いものの、誰もぐすぐすしていない。どうしてなのか。二次試験では、（たまたま僕がいた）国立大学を目指す人が集まってくる。当然、ある程度の学力レベルの人が大半になるからだ。

これだけを見ても、人知を尽くした「運」の格差がわかる。

目標は転ばないこと

年末の早朝、真っ暗な庭園を歩いたため、大きな石につまづいて転び、さらに大きな石を積んだ場所に倒れ込んだので、何箇所かを打撲。一番酷いのは膝の横だった。しばらく階段を上るのに苦労した。

一月後半から、屋外は雪で凍った地面になり、とにかく滑りやすい。スパイクのついた靴を履いているが、それでも危険だ。最後に滑って転倒したのは四年まえだが、毎年「今年は転ばない」が目標となる。

毎朝の犬の散歩が一番危ない。「私は絶対に転ばない」と言える人は、二足歩行ではないのだろう。

第35回

エラーが出ると嬉しくなる

エラーが嬉しい

プログラミングのデバッグの話をこのまえ書いたが、最初に出るエラーは、シンタックスエラーといって、文法的に間違っているものだ。これは、コンピュータに指摘されると、すぐに直せる。つまり、単純なタイピングミスがほとんどで、ワープロでスペルミスを指摘されるのに似ている。このエラーに対しては、「はいはい、ご指摘ごもっとも」と、苦笑いして修正できる。叱られるのが嬉しい、みたいな感じだ。

シンタックスエラーがなくなったあとに出るエラーは、ちょっと難しくなる。コンピュータとしては、ここが変だ、と指摘してくれるのだが、そこを見ても、間違いがわからない。これは、別の箇所に間違いがあって、計算の過程で矛盾が起きる段階でコンピュータがエラーを出すためである。それでも、慣れてくると、ミスのパターンが読めてきて、対処もさほど難しくない。

一番難しいのは、エラーが出なくなってからだ。つまり、プログラムとして間違いがなく、コンピュータはちゃんと計算をするのに、出てくる結果が明らかに間違っている、という場合である。

エラーならざるエラーではあるが、間違いにはちがいない。しかも、どこが間違っているのか、コンピュータは教えてくれない。コンピュータにとっては間違いでもなんでもない。ちゃんと言われたとおりに仕事をしているのだ。

この状況は、企業でいうと、社員が命令どおりに働いているのに、全体として収益が上がらず赤字を出してしまうようなもので、「何が間違っているんだ?」と頭を抱えることになり、厳しい状況といえる。

こんなときに、誰かが、そういえば、あそこが変ですよね、と指摘すると、藁《わら》をも摑《つか》む思いで、そこを調べることになる。どこかで小さなエラーがたまたま出ると、そこを足掛かりに、問題を考えることができる。つまり、「エラーが嬉しい」という心境になるのだ。

研究でも、こういったことは頻繁にある。自分がやっていることが正しいのか間違っているのか、誰も教えてくれない。参考にすべき情報もない。そんなとき、実験でちょっと予想外の結果が出ると、なにかそこに手掛かりがありそうな予感がして、非常に嬉しくなる。なにを考えれば良いかわからないときというのは、なんでも良いから問題を見つけたい。叱られれば、そこを考えて対処すれば良い。間違っているなら、間違っているという確かさが目の前にあるからだ。そんな小さな確かさでも、登るための足掛かりとなる。

間違いでも真実

どうも結果が思わしくない。何が間違っているか、はっきりとはわからないが、なんか変な感じだ。こういうときはどうすれば良いかというと、とにかく、条件をいろいろ変えて試してみる。極端なデータを入力して結果がどうなるかを観察する。そういった試行を繰り返すのだが、そんなとき、運良くエラーが出ると、一つ確かなものを摑んだことに等しい。では、これならばどうか、とその近辺を探っていく。本当に、ゲームのような感覚である。こんなふうにして、問題の位置がだんだん絞られてくるのだ。

次には、仮説を立て、試行した極端な例とエラーが、その仮説で説明できるかを考える。そして、ついにはここが間違っているという最後の砦《とりで》を落とすことができるのである。

なんだか、もの凄く抽象的な話をしているけれど、プログラミングだけに限る話ではない。問題を解決するときの平均的なプロセスといえる。

仕事でも、人生でも、ようは降り掛かる問題をいかに解決していくか、という作業の繰返しだ。ある人は問題から逃げる。これも、その人にとっての解決である。しかし、そういう人は逃げ続けなければならない。一度きちんと解決をした人は、同じ問題に遭遇した

第35回
エラーが出ると
嬉しくなる

庭園鉄道は
六分の一の縮尺だから、
自然界は六倍に大きく見える。
雪は深くなり、
人は身長十メートルの
巨人になる。

ときに対処できる。このようにして、スキルが上がっていき、その後得をするだろう。ただ、問題はしだいに難しくなるから、どこまでもスキルが上がり続けるわけではない。

氷点下の庭園で毎日遊ぶ

気温が低い日が続いているが、そろそろ冬のピークも過ぎた。これで終わりならば、今年の冬は雪が少なかったことになりそう。庭園鉄道で除雪車の出動回数も三回だけだ。でも、僕がいないときに、奥様（あえて敬称）は、雪道でスタックし、ロードサービスを呼んだそうだ。彼女には過酷な冬だったということ。

庭園鉄道は、ほぼ毎日運行した。大きい機関車を出すのが面倒なときは、小さい機関車を走らせた。これは人は乗れないけれど、火でお湯を沸かし蒸気で走らせるものだ。冬は煙突から出る蒸気が白く見えて楽しい。

第36回 追いつかれると嬉しくなる

追い抜いてもらっても良い

前回、エラーが嬉しい、という話をしたが、研究者としての特質なのかな、という自己分析もあって、一般的ではなかったかもしれない。

もう一つ、ちょっと変わった傾向がある。追いつかれると嬉しくなる、というものだ。やはり、研究者的な価値観ではないか、と思う。

通常、仕事であれ、プライベートであれ、なんらかの競争があって、自分がリードしている状況が望ましい。そんなとき、他者が追いついてきたら面白くない、と感じるのが普通だろう。追いつかれないかと不安になり、後ろばかり振り返る人も多い。競争とは、誰が一番かを争うものだから当然こうなる。

ところが、研究者の感覚は少し違っている。まず、研究者とは、その分野において世界のトップにある人のことだ。先端という言葉のとおり、針の先のように小さな領域であっても、自分が一番である、という確かな自覚と自負を持っている。

そんなとき、まったく同じ領域において後進が育ち、成果を挙げて近づいてくる。二番手の出現だ。

この場合、ライバルが現れたわけだから、対抗心は湧く。だが、普通の人が抱くような不安あるいは不愉快な気持ちにはならない。

反対である。追いついてきてくれたことが嬉しい。さらに、追い抜いてくれても良い、とさえ思う。この分野での探求がさらに進むのなら、そんな幸せはない。素直にそう感じるのが、研究者なのだ。

それまでは、自分一人だった。誰にも相談できなかった。教えてもらうこともできない。それが、ライバルの出現で、話ができるようになる。その開放感がまずあるだろう。

自分を追い抜くとなれば、それは、自分が解けなかった謎が解明されることに近いわけだから、まるで、労せずして利を得るみたいなラッキィな状況にもなる。喜ばしいと感じない方がおかしい。

研究には、シェアを奪われる、という感覚がない。「開発」であれば、「二番では駄目なのです」という話になるかもしれないが。

ものごとを探求するという楽しみは、誰かが手にすれば自分の分がなくなる、というものではない。探求する対象はいくらでもあるし、探求している自分の中から、楽しみが無

第36回
追いつかれると
嬉しくなる

模型飛行機を
飛ばしている場所。
下の白と中央の黒はそのまま、
上半分を青に各自の頭で
補正してご覧下さい。

限に湧き出てくるからだ。

嫉妬をしたことがない

実は、僕は「嫉妬」という体験がない。嫉妬の意味は知っているけれど、自分がその立場になったことがない。また、他人を羨《うらや》ましい、妬《ねた》ましいと思ったことが一度もない。

たとえば、お金持ちを羨ましいとは思わない。お金持ちになりたい人だったのだな、と思うだけだ。みんなが自分の欲望を自分の方法で実現しようとしている。その欲望は人によってさまざまだし、また方法も人それぞれで違っている。結果が良くても、方法が嫌なときだってある。

人から恨まれるようなことをしてでも金を儲けたい、という人もいる。恨まれるのは嫌だら金は諦める、という人もいる。どちらが正しく、偉いというわけでもない。

だから僕の場合、羨ましいとか嫉妬とか、そういう他者との比較関係になりえないのである。自分と同じ人間はほかにいないのだから。

こういった価値観は、やはり、価値をシェアしていないから生まれるものだろう。つまり、人と取り合いにならない。欲しいものは、すべて自分の中から生まれてくるのだから、誰かに取られる心配もなく、また、欲しいものは無限にあるので、いくらでも人と分かち合える。

僕は、欲しいものを買うために行列に並んだことがない。僕の欲しいものは、そんなふうに数に限りがあるものではないからだ。誰かが素晴らしいものを持っていても、それが欲しいとは思わない。自分にとって素晴らしいものは何か、と考え、人と同じものを欲しくはない。

悪事を働く人を見ても、困ったことだな、と感じるけれど、腹が立つことはない。それが、その人の欲望と方法なのだなと思い、そういう人がいることを認識し、自分の立場を確認するだけである。

無自覚の無関心

羨ましいと思わないから、羨ましがられることにも興味がない。したがって、自慢という行為が、僕にはわからない。ときどき指摘されて、「あ、今の自慢だった？」と気づくのだが、正直なところ、全然意識していない。自慢して、自身になにか得なことがありますか？　何のために人間は自慢するの？　と尋ねたくなってしまう。

逆に、人が僕に対して悪い印象を持っても、全然気にならない。直接の被害がないからだ。世の中の人たちは、余計な心配をし、気を回しているみたいだけれど、どうして？

第37回

装飾ではなく本質を

表現で印象は変わるが

たとえば、「金持ちになんかなりたくない」と何度も言いすぎると、金持ちになりたいのかな、と思われてしまう。前回、「僕は嫉妬しない」と書いたから、きっと、「本当は嫉妬しているから、こんなことを書くんだ」と思われるだろう。人間には、それくらいの想像力があるし、世の中というのは、けっこうひねくれている、森博嗣並みに。

ただ、そのひねくれ方が、客観的な方向へひねくれるのか、いつも自分の都合の良い方向にだけひねくれるのか、という違いは大きい。世間のひねくれ者の多くは後者だ。

弁解するわけではない。作家というのは、誤解覚悟で文章を書くのが仕事である。

それはさておき、このように「なにかと逆に受け取る」のは、さほど特別なことではない。だから、もし誤解されたくなければ、それを見越して、正直に言わない方が身のためだろう。僕の場合は、これが仕事だから、身のためにならないけれど、正直に書いているというだけである。身を削っているといっても良い。どんな仕事も身を削るだろう。もっとも、同じ内容の発言をしても、言い方によってがらりと印象は変わる。極端な例だと、それを誰が言ったかで、伝わり方は全然違ってくる。

僕は、どんな言い方だろうが、誰がどんな仕草で発言しようが、言葉の内容のままに受け取る人間だ。世間の大勢はそうではない。笑顔でやんわりと言われれば好意的に取り、突っ慳貪な言葉には反発するのが常である。

突然言われるとカッとなるから、あらかじめ伝えておく根回しが必要だ、と言われることも多いが、かように皆さん感情的だということ。言葉が言葉の意味のまま通じるなんて本当に奇跡だ、と文章を書く仕事をしているとしみじみと感じる。

人間なんだから感情に左右されるのはしかたがない。しかし、それを乗り越えるのが理性であり、人間の智力ではないのか、と思うのだが、いかがだろうか。

極端な価値観のスパイス

何が言いたいのか簡潔にまとめると、表現はたしかに大切だし、それ以前に信頼を築いておくことも重要ではあるけれど、それらは飾られた「虚像」である、ということ。

社会で生きていくためには、人間関係も必要だし、そのためにはある種の「演技」がどうしても必要になるだろう。これは「正直」とか「素直」とは正反対のものであり、つまりは、「虚」だし「嘘」なのだ。

百歩譲って、「装飾」だと解釈し、悪いことではない、くらいなら納得できるかもしれない。そう、飾られているものが実に多い。

いつも「本質ではない」と自覚して、「装飾」に惑わされない自分があればそれで良い、と確認したい。そうでないと、綺麗な飾りものに騙され続けることになる。

研究者という極端な環境に三十年近く身を置いたためか、僕は本質の価値を学ぶことができた。それは、実社会ではあまりにも異端で、常識外れといえる価値観だろう。でも、今まで一度も裏切られたことがないし、今もそれが間違っているとは全然考えていない。

一般に、極端な考え方は嫌われる。そんなことばかり口にしていると、相手にしてもらえなくなる。だが、そこは、匙加減《さじかげん》だ。

本質は飾りとは無関係だ、みたいな極端な価値観は、それだけでは成り立たないにしても、たとえば、スパイスのようなもので、微量でも加わると絶大な効果がある。

その極端なスパイスを、いつもポケットに持っていることは、今の社会を生きていくうえで非常に有利だ。生ぬるい世間の価値観に一振りするだけで、見違えるほど美味しくなる。そして、進む道の見通しが良くなるだろう。

これは飾られているな、とたまに思い出すだけで、はっとする。だらだらと締まりのな

第37回
装飾ではなく本質を

冬の朝の庭園。
青一色の空に、
樹々の枝が真っ白に輝いて、
まるで桜が咲いているみたい。

い日常を一変させるかもしれない。

他者の評価を気にして、当たり障りのない行動と、つつがない時間を過ごすだけの人生が悪いとは思わない。ただ、なにか欠けているものがあるのでは、と本能的に感じている人は、これと同じように、極端な自分の発想をスパイスに使えば良い。ときどき、自分のポケットからそれを出して振りかけるのだ。

春は自然に嬉しくなる

春が近づいてきた。暖かくなるだけでなく明るくなる。屋外に出て、綺麗な空気を吸うと、なにか新しい自分になった気分で、それだけで嬉しい。歩くだけで楽しいし、いろいろなことがしたくなる。結局、人間というのは自然の一部なのだな、と気づかせてくれる。

第38回　言葉より数を見る

褒められても喜ばない

周囲の人の声に流されない、という姿勢は非常に重要である。無視できないほど大量に声は押し寄せるけれど、その大部分を遮断しないと、自分の考えが前面に出てこないし、流されていると、そのうちに「考えない人間」になってしまうだろう。

ただ、遮断するといっても、周囲をまったく観察しないという意味ではない。生きていくうえで、自分の周辺、そして未来がどんな環境なのか、自分が進む道はどのようなロケーションにあるのか、条件や障害を多方面から観測する必要がある。

まず、個々の人が何を言っているかではなく、何人がものを言っているかの方がはるかに大事であり、その人数をきちんと把握すること。

たとえば、褒められたからといって喜んではいけない。また逆に、貶《けな》されても落ち込む必要は全然ない。「いいね」だけを数えるのではなく、「駄目だね」も数えよう（そんなサインはない?)。そして、褒められた数と貶された数を単純に足し合わせて、合計の数字だけを把握・分析する。この数の変化こそが、自分への「影響」だと捉える。

僕は、実際にこのとおりにしている。発表した作品に対しては、みんなが評価点をつけるし、いろいろな感想も届くけれど、最も確かなデータは、何人が読んだか、何部売れたか、という数字なのである。

高いものは売れにくく、安いものなら売れる、というならば、売れた数ではなく、売上げを見る。それが、最重要のデータだ。また、製作費や宣伝費がかかったのなら、それらを差し引いた利益が、その作品の評価値として一番信頼できる。

僕は、純粋にそう考えているので、良い評価も悪い評価も同じと見る。何人が反応したか、あるいは、何人が意見をアップしたか、の方がずっと大切な「結果」といえるし、つまりは、本を出版する目的に一番近い「成果」だといえる。

たとえば、学校のクラスメイトが、一日に何人話しかけてきたか、で見る。良いことも悪いことも言ってくるだろうが、同列に扱う。幼い子供は、親が褒めても叱っても、何回言葉をかけられたか、で親子の関係を本能的に測っているだろう。親が子供に関心を持っているかを示す(目に見える)一番確かな指標がどう変化するかに注目している。

庭園鉄道は
毎日運行している。
樹の葉が茂るのは
二ヵ月さきなので、
暖かい日差しが
まだしばらくは地面に届く。

つまり、質より量である

世の中でよく聞かれる台詞は、「量より質」だろう。この言葉が強調されるのは、現実には、その逆だからである。

売上げが思わしくない、人気が思ったほど出ない、といった場合に、そうした量ではなく、「個々の意見を大切に拾いたい」みたいな言い訳をするのだ。

「お客様の声」などといって取り上げる場合にも、多くは「良い声」だけを拾っている。もしも個々の声に注目するならば、「悪い声」に耳を傾ける方がまだ建設的だ。しかし、個々の声である以上、一つの声を聞いて対処しても、量は一つしか増えない。もし、良い方の声であれば、量は一つも増えない（何故なら、良い声は、既に買ってもらった人から発せられるからだ）。

僕が作家になって一番に感じたことは、出版社も書店の人も、みんな本が大好きな人ばかりで、本を読まない人たちに向けた商品を開発していない、ということだった。

シェアを伸ばそうと考えるならば、現在見向きもしない人たちにアピールする必要がある。日本人のうち小説を読む人は、百人に一人もいない。もの凄いマイナな趣味なのである。その小さな世界で閉じた戦略しか持っていない、と僕には感じられた。この二十年間で、出版界がどれだけ衰退したかを見れば、僕が持った印象が間違っていなかったことを少しは納得してもらえるだろう。

自分たちが良いと信じるものが良い商品ではない。相手が求めるものが良い商品になる。そして、良い商品とは、量が売れるものだ。質を上げれば売れるという幻想を、まず捨てる必要がある。何故なら、質は、人によってまちまちだからだ。

作家が仕事ならば、ファンの声ではなく、読者にならない人が、どれくらいいて、何故手に取らないのかを観察しなければならないはずだ。

春は工事開始のシーズン

暖かくなり、地面が凍っていない日を迎えることが多くなった。こうなると、土が掘れるし、あれもこれもやりたくなってくる。冬の間も、庭園鉄道はほぼ毎日運行していたが、不具合があっても寒くて直せない。そんな箇所を、これから修繕していくことになる。スコップを持って庭に出ることが楽しみだ。

手始めに、モルタルを練って、レンガを積もうと考えている。また秋まで、日々少しずつ頑張ろう。

第39回 「甲斐」VS「やすい」

苦労か安易か、どちら?

「やり甲斐」とか「生き甲斐」とか、近頃では深く考えもせず、綺麗に響くだけの理由でこれらの言葉が使われているようである。もともとは、苦労や苦難に耐えただけの見返りがあった、という意味で用いる言葉であって、やることが楽しい、生きることが面白い、というシンプルな意味では全然ない。むしろその逆なのだ。大人たちが、無意識に綺麗事を繰り返すから、今の若者は、きっとそこを誤解しているだろう。

九割の苦しみのあとに一割のリターンがあったときに、「甲斐があった」と言う。ようするに、本来は「抵抗感」みたいなものを強調して表現する言葉なのである。

たとえば、「食べ甲斐がある」といえば、量が多くて食べるのに苦労する、という意味だ。「食べやすい」ではなく、「食べにくい」に近い。したがって、「やり甲斐」と「生き甲斐」は、「やりにくさ」「生きにくさ」に近い意味だから、みんなが探し求めている青い鳥のドリームでは全然ない。

なにしろこの頃は、料理を褒めるのに、「食べやすい」と言ったりする。「へえ、そうなのか。食べやすいことは良いことなのか」と僕はびっくりする。それ以前に、料理を褒める言葉が、「美味しい」「やわらかい」「ジューシィ」の三つしかなくて、もう少しボキャブラリィを蓄積してからレポートしてほしい、と常々感じているところだ。

類推するに、今風にいえば、仕事は「やりやすい」方が、人生は「生きやすい」方が断然グッドなのである。そう思っている人たちが大半だろう。それなのに、無理に「やり甲斐」とか「生き甲斐」なんて見つけようとするから、自己矛盾に陥《おちい》ってしまう。矛盾している点が、わかりますか?

少なくともどちらかに決めた方が良い。少々苦労をしたいのか、いや全然苦労はご免だというのか。はたしてあなたはどちら?

探して見つかるものではない

根本的に間違っている点がある。それは、苦労か安易かどちらにせよ、「やり甲斐」や「生き甲斐」を誰かからもらおうとしていることだ。「見つけよう」としていることだ。そういうものが、どこかにあると信じている。だから、「この仕事にはない」「私の周囲にはない」となってしまう。

その言葉の本来の意味が示すとおり、抵抗に遭いながらも、それを成し遂げたとき、本当の「価値」があなたの内から生まれる。したがって、やってこそ、生きてこそ、本人だけが感じるものなのである。周りの誰にもそれは見えないし、誰かが用意してくれたものでもない。

これは、たとえば、「幸せ」とか「楽しさ」でも同じこと。それを探そうとするのが間違っている。そういうものは、どこにもない。既に存在しているものではなく、これから、生まれてくるものであり、それはあなた自身が作るしかないものなのである。

だから、苦労はしたくない、生きやすい人生で良い、楽しければそれで良い、とだらだらと日々を過ごしていると、いずれは手詰まりになる。何故なら、初めに「怠ける」というう小さな楽しさを先取りして、あとから来る「ツケ」を待つ生活になっているからだ。ようはローンみたいな生き方といえる。楽しさの利子は馬鹿にならない。もしまとまった楽しさを味わいたかったら、こつこつと溜めていくしかない。

というような話を、実際に僕は人にしたことがない。そんな話を若者に語れば、「年寄りくさい」「教訓はご免だ」と反発されるだけだ。酒の席でなら話せるかもしれないけれど、そこまで格好悪いことをする理由を僕は持っていない。

ただし、一つだけ言いたいのは、これは経験則ではなく、単純な理論だということであ

今年の冬は
雪が少なく、
除雪作業がとても楽だった。
これから夏に向けて、
緑の季節になる。

る。つまり計算できること、ものの道理だ、という点だ。年寄りとか若者とか無関係に、平均すればそうなっている。逆らえない法則といっても過言ではない。だから、誰が言ったとか、あいつは気に入らないとかで済ませないで、多少は冷静になって考えてもらえれば、と思う。それができる人だけが、大きな失敗を免れるだろう。

いつタイヤを交換するか

毎年四月の終わり頃に、冬用タイヤからノーマルに履き替える。十一月から冬用なので、ほぼ半年間が冬用である。地球と太陽の関係からいえば、夏と冬が半々なのは自然かもしれない。ちなみに、樹の葉が茂っているのもだいたい半年間である。

夏はとにかく楽しい。綺麗だし明るいし、自《おの》ずと活動的になれる。幸い、ここではクーラが必要ない。車のクーラも使わない。日本の夏とは、だいぶ違っている。

第40回　掃除をした人は綺麗に見える

庭掃除は自然破壊

自分の責任エリアしか掃除をしない人間なので大きなことは言えない、と自覚しているけれど、それでも、掃除という行為は、エントロピィ増大への抵抗という意味で、実に生命的というのか、人間らしい行動である。

工作室などを整理・整頓するのは、効率や安全性の観点から実質的なメリットがある。しかし、僕が最も時間を費やす庭掃除は、何が目的なのかと考えると、不思議な気持ちになる。落葉を掃き集めたり、雑草を取り除いたり、手入れをすることで実現されるのは、明らかに不自然な光景なのだ。放っておくのが一番自然保護になりはしないか。

しかし、人間の感覚として、掃除をして異物を排除すると、そこが「綺麗」になったと感じるのだ。この感情は、人間にとっては自然である。ようするに、「人工」というものは、人間の頭脳が考案した秩序であって、人はその秩序を「綺麗になった」と評価するのだ。

桜が満開になると「ああ、自然は綺麗だ」と感じるかもしれないが、同じように、散っても自然だし、咲かなくても自然である。大風で老木が折れて倒れるのも自然だ。倒れないように補強をすることは、明らかな自然破壊といえる。

桜が綺麗に見えるのは、たまたま一斉に花が咲く瞬間にだけ、人間的な統制というのか「秩序」が感じられているからにすぎない。

子供は、満開の桜を見て、「うわ、凄いな」とは思うかもしれないが、「綺麗だ」とは思わないだろう。その感覚の大部分は、大人たちからインプットされた後天的な観念であり、つまりは自然ではなく、人工的な、ある種の思想、あるいは文化なのである。

まあ、虫は花が好きだし、植物も動物を惹きつけるための戦略として花を咲かせているのだから、そういった意味ならば、桜の樹に「乗せられている」ともいえる。

庭掃除に話を戻すと、管理が行き届いた庭園は、どこの文化圏でも例外なく人工的である。人間が棲みやすいように害虫を取り除く意味があるし、人間が気に入った植物だけを育成する目的を持っている。

たとえば、農業などは、もの凄く自然に逆らっていて、大いなる自然破壊といえる。どうやら、恵みある都合の良い自然だけを、人間は「美しい自然環境」と呼び、そうでない自然は、すべて「災害」に分類してしまうようだ。

第40回
掃除をした人は綺麗に見える

氷点下十度以下になると、
シャボン玉が空中で凍る。
低温でも日差しが暖かい
冬の日の遊び。

着手した人に見えるもの

掃除をしていて一番感じることは、掃除をした人にだけ見えてくる「綺麗さ」がある、という点である。これは、掃除をした人ならば誰でも感じることだろう。逆に言えば、掃除をする人には、掃除がされていない場所の汚さが見える。掃除をしない人には、その汚さが見えない。汚さが見えないから、掃除をしないのかもしれない。

単純に考えれば、これは、そこを見つめている時間の長さに起因しているだろう。自分の手を動かして掃除をすると、汚れがだんだん見えてくるものだ。

たとえば、ミニカーの完成品を購入して飾ると、毎日それを見る。金を払ったから眺めることになる。さらに、プラモデルであれば、そのモデルを長時間見続けることになるから、その形状のあらゆる部位を目に焼きつけることになる。模型を作る作業というのは、そういう意味合いを持っている。ものを作ることの意義の大部分も、この長時間対象を見続ける体験にあるように、僕は感じている。

物語なども、読んだり、見たりしているトータルの時間の長さが、結局はその人の脳へのインプット量に比例しているだろう。長時間かけたものは、それなりの価値がある。この意味では、「読みやすい」ものよりも「読み甲斐のある」ものの方が印象に残るはずである。

極端な話をすれば、そもそも、その対象に接しない目には、その対象の優劣を見比べることはできない。綺麗か汚いか、という概念さえ生まれないからだ。

それを知らない人は、「庭が綺麗って、どういう意味？」となる。また同様に、「文章を読んで、何か得られるの？」となるはずである。

人は、対象に手をつけないと、その概念さえ頭に持たないのだ。

桜は人間がいなくても咲く

僕が住んでいる町には、桜はない。あるかもしれないが、見かけない。聞いた話では、隣町にあるという。これが咲くのは五月らしい。誰も「開花宣言」などしないなか、桜はひっそりと咲く。「ひっそり」と思うのは、桜ではなく人間である。

第41回　静止画的な日本人の思考

動画が普通になった

二十年以上まえになるが、若者たちが白黒写真を見て「凄い。どうやって処理したんだろう」と言っているのを聞いて、驚いたことがある。カラー写真が当たり前になって久しい。現実は天然色なのに、何故わざわざ写真を白黒に処理したのか、という点が、彼らには想像もできなかったのだ。

また、十年ほどまえになるが、「静止画」という言葉が頻繁に使われるようになった。ようするに停まっている画像のことだ。現実の世界において万物は時間経過に伴って変化しているのに、ある一瞬を捉えて、動きを止めてしまう「技」が、静止画である。子供の頃からスマホを使っている子供たちは、静止画が何故必要なのか理解できないだろう。動画から切り取ったものだと認識しているからである。

白黒写真は、印刷インクが一色しか使えない環境では重宝されたし、また、静止画も印刷物では必要なものだった。けれども、これからは、その「印刷」がもういらない時代である。雑誌はネット配信され、そこにある画像は当然すべて動いても良い。その方が自然だ。

静止画というのは、基本的に二次元情報であるから、三次元の実物を的確に表現できない。視点を動かして初めて、我々は物体の立体形を認識できる。「動く」というのは、対象が動く以外に、視点が動くことを意味していて、つまりは「時間」経過を取り込んだ画像ということになる。もちろん、これに、音や臭いや触感など、さらなる情報がこれから加わってくるのは必然で、それがバーチャルリアリティ技術ということになる。

日本人の思考は、文章的

日本人が、浮世絵とかアニメなどの平面的な絵で世界観を膨らませられるのは、思考が映像的でないことに起因している、と僕は考えてる。つまり、画像イメージがそもそも頭にないから、二次元で満足できる。日本では、3D映像がさほど流行しないのはこのためだろう。

たとえば、タミヤのプラモデルの組立て説明書などが、世界的に見ても驚くべき存在で、こんなに克明なイラストで示しているものは、他国にはほとんど存在しない。それだけ、日本人が図形を頭で展開することが不得意だったからこうなった。

日本人は、文章を読んで、その文章のまま頭に入れているようだ。僕自身はこれができないから、文章が苦手である。ちなみに、日本のラノベと呼ばれる（カバーにイラストがある）小説が流行るのも、文章から映像を展開しない日本人の頭に適しているからだろう、と考える。

英語圏の組立てキットは、今でも文字だけの説明のものが多い。つまり、英語の文章は、それだけ精確に手順を示せるし、読んだ人も、頭でその映像を展開できる、ということだろう。日本人は、これができない。だから、わざわざ立体のイラストをありがたがることになる。

日本語というのは、論理性に乏しい。非常に曖昧な表現しかできない。必然的に、この日本語で思考をする日本人の多くは、論理が苦手で、しかも言葉に拘る。議論をすると、相手の言葉尻を捉え、揚げ足の取合いになってしまう。

おそらく、日本人は、映像的な思考力を漢字という文字の形状認識に使っていて、その文字が示すものを映像的に記憶しない。テストでは、四角の中に、精確に文字が書ければ良い。それが知識であり、教養であると認識しているのである。

英語教育がいろいろ試行されて久しいのに、ちっとも日本人は英会話ができない。しかし、そもそも日本語会話でも不自由なのである。日本語のヒアリングとかスピーキングを

近所の農地。
畑と呼ぶには広すぎるし、
トラクタも大型。
冬はここで
ラジコン飛行機を
飛ばしている。

試してみれば、きっと証明されるのではないか。つまり、英会話が不得意なのではなく、そもそも聞取りや発言が不得意なのである、と僕は考えているが、いかがだろうか。

世間との関わり

前回までがウェブ連載だった。今回からが書下ろしとなる。印刷書籍と電子書籍が入れ替わる過渡期が、まさに今である。そういう時代に、ものを書いて売る仕事をしている。不謹慎かもしれないけれど、世間の動向が面白い。こんなに社会のことに興味を持ったのは、僕の人生でかつてなかったのではないか、と思うほどである。

作家になってまずファンから沢山のメールをもらうようになった。これが、社会との関わりを持つようになった切っ掛けだったように思う。世間のことがいろいろわかってきた。遅いだろう、とお叱りを受けるかもしれないが……。

第42回　多数派か少数派か

少数派はいつもいる

多数派と少数派は、どうして生まれるのだろう。まず、多数派というのは、たまたま意見が一致した大勢のことではない。意見を一致させようとした大勢なのだ。少々妥協しても良いから周囲と歩調を合わせたい、という場合がほとんどだろう。なかには、意見などもともとなく、ただ仲間が欲しい、大勢に従いたい、というだけの人もいる。

そう考えるのは、「多数」に力があり、その力の恩恵を得られる、という観測にあるからだ。これは、民主主義だからではない。それ以前から人間社会にあった「群れ」への羨望という本能的な指向といえる。

「群れ」というのは、その羨望が存在理由である。攻めるにも防御するにも、力を合わせることができるため、事実、戦いになったときに有利だが、戦っている最中には、意見が一致していたかどうかなど忘却されている。この「陶酔感」こそが、心地良いのだろうか。

その証拠に、戦いが終わったあとで、なにかしらの内紛になることが往々にしてある。実は我慢をして合わせていただけで、お互いに完全に意見が一致していたわけではない（つまり、多数派ではなかった）。また、恩恵が予想よりも少ない、などの不満も出てくるのが常である。

一方、少数派というのは、群れることに嫌悪を感じる人たちである。自分の意見を変えてまで仲間になりたくはない、という価値観であり、したがって、少数派どうしで結びつくこともない。かつては、こういった勢力は、社会的に弱い立場にあったが、現在は人権が保障され、言いたいことを言える。だから、少数派であっても、特に損をすることはない。自己主張ができて、発散できている。非常に健全ではないか。

多数派と少数派の一番の違いは、「群れる」ことをプラスに捉えるかマイナスに捉えるかにある。どちらも、自分の価値観のとおりに生きているわけで、全然悪くない。

かつてよりは個人主義になった

社会の大きな流れとしては、個人主義へ向かっているから、少数派が生きやすい世の中になった。ただ、ネットの普及で、局所的に逆流している感は否めない。多数派が、自分たちが主流だと声を上げ、群れを離れる者を攻撃しやすくなったからだ。

第42回
多数派か
少数派か

玄関前のデッキに
出ている兄弟（黒い方が兄）。
来客に吠えるから
呼び鈴代わりになるが……。

ネット自体を多数派の群れと捉えることもできる。嫌ならば、ネットを離れることは容易だ。ときどき、「情報過多の時代にあって」などと危機感を煽る物言いをしているが、情報が押し寄せているのは、個人がスマホのスイッチを切らないからであって、政治や社会のせいではない。

周囲の声を遮断しても、現代は生きていける環境が整っている。電気も使えるし電車にも乗れる。少数派でも逮捕されるわけではない。

むしろ、そういった個人的な人生を生きたいと思う人の割合が増えているように観察される。あまりにも、群れすぎた結果だろう。あまりにも絆に縛られ続けたストレスだろう。群れることが美しいという洗脳から目覚め、そこに自分一人という個人をようやく認識したともいえる。そう、人間というのは、そもそも自分一人なのである。これ以上に少数派になることはない。

平均的な話になるが、人はだいたい家族の中で育つ。だから、自分も家族を作ることが正常だと考えるかもしれない。学校へ行き、大学を受験し、就職をし、結婚をして、家庭を作る、というのが、いかにも正しい「道」のように描かれている。

けれども、あくまでもそういう道もある、というだけのことであり、基本的に、どんな道を歩こうが自由だ。ちょっと考えてみれば、無数に違う道があることに気づくだろう。もしかしたら、道はないかもしれない。道を自分で作ることだってできるのだ。

実は、法律や社会制度というものがある。これらを守ることが、現代の「群れ」と「絆」である。その意味では、犯罪者が、これらに従わない本当の少数派であり、それ以外はみんな多数派といえる。

この多数派に属していれば、個人は自由であり、群れても良いし、一人でも良い。好きな道を歩くことができるはずだ。

いずれが生きやすいか

苦労はしたくない。生きやすい方が良いだろう。群れに属すると、たしかに楽なことは多い。反面、群れから離れることで、有利になる場合もある。そのときどきで、どちらが自分にとって有益かを考えれば良い。大事なことは考えることだ。

僕は、群れるのが嫌いで、「会」がつくものには近づかないことにしている。遊ぶときも一人が良い。「なんか寂しくないですか?」とおっしゃるかもしれないが、寂しいのが大好きなのである。

第43回 落ち着かなくても良い

落ち着いたことがない

僕は、落ち着きのない子供だった。大人になって、人前では落ち着いている振りができるようになったけれど、これは演技であって、滅多に落ち着くようなことはない。なにもしないでぼうっとしている時間というのは、寝ているときくらいである。また、一つのことに集中することがほとんど不可能で、しかも長時間となったら絶望的である。だから、短い時間で切り上げ、マルチタスクでものごとを進めるようになった。学校での授業の時間、大学での会議の時間、ずっと同じことをしているなんて、本当に信じられない退屈さだったから、自分が教える立場になったときには、できるかぎり、話題を飛躍させ、筋道が読めない講義に努めた。そうしないと、みんなはきっと厭きてしまうだろう、という配慮である。この手法は、奇しくも作家になって活かされたかもしれない、と思っている。

一所懸命という言葉があるように、世の中では一つのことをやり遂げるのが人として素晴らしい生き方だ、と讃《たた》えられている。あれもこれもと方々へ手を出すと、結局はどれもものにならず中途半端に終わる、と教えられる。僕ももちろん、そういう教育を受けてきた。

だから、なんとかして、ものごとを最後までやり遂げよう、同じことを長く続けよう、と努力をしてきたつもりだが、残念ながら自分には合わない、とわかった。ただ、ときどきなにかの弾みで、ちょっと長続きしたりすると、もう「続けられた」というだけで人並みにできた、と嬉しくなる。最近では、作家として、よくも二十一年も仕事を続けられたものだ、と自分で感心している。

趣味のものでも、だいたい十くらいの全然異なる作業を同時進行で進め、そのうち三つか四つは途中で斬り捨てる（というよりもペンディングになる）。あとの六つか七つが、最後まで一応辿り着くが、しかし、一つだけに集中してやる人に比べれば、五倍以上時間がかかるし、また仕事も当然雑になるだろう。

賃金をいただく仕事であれば、要求される仕上がりを実現するけれど、自分だけのためにする趣味は、どうもいい加減なところで、まあこれくらいか、と満足してしまうのだ。雑で良いとさえ考えている。

あまり、レベルの高いものを目指すと、どうも落ち着かない。かえってストレスになるから、適当なところで見切りをつけているようだ。

落ち着かない思考のメリット

落ち着かないというのは、別の表現をすれば、きょろきょろと辺りを見回している状況である。簡単にいえば、挙動不審となる。実際に目で見ていなくても、頭の中であれもこれもとさまざま考える。こういう落ち着かない思考というのは、何故か新しい発想を生みやすい。

落ち着かないことにメリットがあるとしたら、このインスピレーションに結びつきやすいという一点だろう。じっくりと腰を据え、神経を集中させて考えるのは、どちらかというと「計算」的な思考であって、発想をする思考とは真逆だといっても良い、と僕は理解している。

落ち着かないのが好きなわけではない。むしろ、落ち着きたいと願っている。だが、どうしてもそうはならない。考えだすと、特に落ち着かない。でも、そんな状況からアイデアが浮かぶことが多いので、まんざら悪いわけでもない。

落ち着かない時間というのは、精神的に不安定かもしれない。なにも思いつかなければ、いらいらすることもあり、自信もなくなる。こういう思考をする人は、けっして自信

第43回
落ち着かなくても良い

五月になると
ようやくチューリップが咲く。
庭園内に二百本ほどある。
球根を植えている人がいる。

家にはならないだろう。発想というものは、それくらい偶然に湧いてくるものであり、自分の能力によって作られたとは到底思えないからだ。

したがって、こんな仕事、こんな生き方は、綱渡りをしているみたいなものである。そうか、僕の「道」は一本のロープなのか、と思う。できるかぎり強度の高いロープで、しかもピンと張られたものなら、まだ多少はましだが。

趣味と仕事の棲み分けは？

大人になって以来、僕は研究者と作家という二つの職業に就いた。どちらも、なりたくてなったわけではない。金を稼ぐために働いていた。つまりバイト感覚である。

一方、金を使うばかりの趣味もある。こちらも、僕にとっては、事実上「仕事」なのだ。もう少し言葉を選ぶなら、「事業」である。たまたま、今は赤字で稼げないけれど、投資をしておけば、いつか黒字になるかもしれない。ようするに、仕事と趣味の区別は、単に、周囲との関係にあるだけで、僕自身のスタンスは同じなのではないか、とこの頃感じている。これははたして幸せな状況だろうか、それとも否か。

第44回 好きだからしているのではない

「好きなこと」をしている？

想像するに、最近の若者は、子供の頃に何度も「好きなことをしなさい」と言われて育ったのだろう。たしかに、そういう気運がここ数十年の間、日本中を支配しているように観察される。アメリカが占領下の日本にもたらしたものともいえる。

自分が信じること、自分が好きなこと、自分が思ったとおりのこと、それを素直に選択すれば良い、いつも自分に対して正直でいたい、などとも言われている美辞である。

しかし、大人になって社会に出れば、全然違っていることに嫌でも気づかされる。好きなことは滅多にできない。周囲に合わせ、上から言われたことに笑顔で従わなければならない。ときどき自分の意見は言えるものの、それが実現することなんて夢のまた夢である。

子供の頃に培《つちか》った価値観を真に受けて育った真面目な人は、自分は苦境に立たされているけれど、周囲の嫌な連中は自分の好き勝手にしている、と認識してしまうだろう。たとえば、上司とか、気に入らない他者とか、言いたい放題ではないか、と。

もちろん、そう考えて腹を立てている自分も、自分が好きなように考えているのである。好きなように行動できなくても、好きなように考えることはできる。そして、面倒なことをする連中は、人を貶《おとし》めることが好きなのだ、と考える。

そう考えること自体が、「好きなことをする」幻想に囚われているからなのだ。人間の行動の原理は、自分が好きなことの実現だ、それがすべてだ、という価値観に留まっているうちは、社会情勢も人間関係も、真相を見抜くことは難しい。何故なら、人間はそんな単純な原理で行動しているのではないからだ。

小説に美人を登場させると、「この作家はこういう女性が好きなのか」と読者の多くは考えるようだ。そうではない、そういう美人が好きな人が多いだろうと計算して書いている。自分の好みを小説で実現しようと思っているのは、それこそ中学生の作家志望の人だけだろう。

好きなことを仕事にしたい

好きなことを仕事にしたいと考えるのは普通である。子供だったら、例外なくそう考えるはずだ。しかし、仕事というのは、それを自由にしても良い立場のことではない。金を

第44回
好きだから
していると
のではない

デッキから身を乗り出す
ヘクト(弟の方)。
夏目漱石の愛犬が
ヘクトーだったそうだが、
無関係。

もらってそれをしなければならない立場のことである。

おそらく、どんなに好きなことであっても、人から金を渡されて、こうしてくれああしてくれ、と注文されたら、そのうち好きではなくなるだろう。ちょっと嫌いになるかもしれない。ちょっとではない？

こんなとき、「好きだから」という理由で選択した職業が、「もしかして自分には向かないのでは」というジレンマに陥る。

簡単に言ってしまうと、「好きだから向いている」と短絡的に考えたことに問題がある。最初から間違っていたのだ。もちろん、運良くそういった幻滅に遭わない人もいるだろう。表向きはそう見える。でも、きっとその人の中でも、それなりのトラブルがありジレンマがあり、「これが仕事か」という割切りがあったはずなのだ。

逆に、「嫌いだから」という理由で、それをしない人も多い。でも、よく考えてもらいたい。するかしないかには、もう少し別の判断があるはずだ。たとえば、「損得」とかであり、さらにいえば、将来における損得だ。いつか、これが利益になる、という予感で、その行動を決断することだってある。

勉強でも、好きでやるわけではない。嫌いでもやった方が良い、将来のためになる、という理屈があるためだ。なのに、勉強している友人に対しては、「あいつは勉強が好きなんだ」とやっかんだりする。囚われているのは、どちらだろう？

教育する側の人も、大多数が勘違いしている。子供になにかをやらせるときに、それを好きになってもらおうとする。スポーツ選手は、「楽しんでプレィできました」と言う。そういう言葉に、惑わされないよう、皆さん、気をつけましょう。

緑の進出

まず、地面が一番早く緑になる。苔《こけ》や草の緑だ。これが五月初め。その次は、いよいよ樹の葉が出る。生い茂るのは六月くらい。こうして一気に庭園は森林になる。低い場所の方がさきに緑になるのは、少しでも日に当りたいからだろうか。いずれ、地面には日が届かなくなる。最初は中小企業が儲かっても、いずれ大企業にシェアを奪われるのと似ている。自然界は熾烈《しれつ》な過当競争なのだ、と思い知らされる。自然は、基本的に残酷だ。野生には人情など微塵《みじん》も働かない。

第45回　一所懸命より誠実さを

本当に一所懸命なの？

何度も書いていることだが、僕は、あまり一所懸命にならない人間である。一所懸命にしたってろくなことにはならない、と考えている。

短い時間に限るけれど、つい力を出しすぎてしまう質《たち》なので、その結果、躰のどこかが痛くなるとか、翌日起き上がれなくなって、トータルとして損失だとか、そういうマイナスの状況を招く。

これは、あくまでも僕の場合であって、一所懸命にやって成功した人がけっこういるみたいだから、別段反対はしない。それぞれ自分に合ったやり方があるだろう。

でも、成功した人の話をよくよく聞いてみると、一所懸命というよりは、少し違ったベクトルを感じる。どちらかというと、「毎日こつこつと」「ひたすら続けた」みたいな方にウェイトがある場合がほとんどであって、それを単に「一所懸命」と表現しているだけなのである。

また、少しだけ意地悪に考えると、一所懸命にやっていると口で言うだけで、大部分の時間は怠けている人がとても多い、と観察されることは確かである。だいたい、「頑張ろう！」と気合いを入れている人たちは、宴会をしていて、その後はただ酔っ払ってしまうだけである。頑張るのは明日から、ということらしいが、みんな二日酔いになる。正直者の僕は、「一所懸命やろう」「頑張ろう」「元気を出そう」の類をほとんど信じなくなった。それくらい軽々しく大勢がその言葉を口にしているからだ。

冗談半分で書くが、たとえば、契約書にそれを記してもらいたい。「一所懸命頑張ります」というのは、入社式なんかの宣誓などでは常套句であるけれど、だったらそれを契約書にして捺印してほしい。もちろん、そのためには、一所懸命が具体的にどういう状態かを、少しは定量化して、数字で示す必要があるだろう。さて、皆さん、できますか？

口先だけで、一所懸命を使っていませんか？

だとしたら、こんなに価値のない言葉もないだろう。ほとんど、挨拶くらいの意味なのかもしれない。

大事なことは誠実さである

もう一つ問題がある。多くの人がイメージしている「一所懸命」は、歯を食いしばって努力する、その一瞬の集中力、瞬発力みたいなものの発揮であって、そのレベルをずっと持続することは想定外のようだ。だらだらとさぼったあと、切羽詰まって徹夜で頑張った、これを「一所懸命やりました」と言っている。あるいは、失敗したときに「一所懸命やったつもりなんですが」と言い訳する使用例も数多い。

そもそも、歯を食いしばるときは呼吸を止めているわけで、こんな状態は長くは続けられない。一瞬のことなのだ。息を止めて走れるのは、人間の場合は二百メートル走までだそうだ。

そうではなく、走る距離によって、トータルで一番効率が良い方法を選ぶべきであり、多くの場合、それはこつこつとコンスタントに作業を進めることで実現する。社会の仕組み、たとえば会社の仕事、学校の教育など、すべて集中しない分散型のスケジュールで組まれているのが、この証拠といえる。

こういった面からいえば、一所懸命になる必要はないが、誠実にものごとに向き合う姿勢は大切だと思う。誠実とは、簡単にいえば、「怠けない」ということである。

第45回
一所懸命より
誠実さを

庭園鉄道と
同じスケールのブライス。
頭でっかちだが、
軽便鉄道の漫画的な車両と
相性が良い。

世の中を見ていると、一所懸命やっても成功しない人が沢山いる。また、才能があっても、トップに立てない人もいる。しかし、少なくとも誠実であれば、どん底にいることはない。

対人的にも、誠実であれば、必ず誰かとは良い関係が築ける。誠実であれば、大損をすることはまずないし、踏み誤ることもないだろう。

一瞬の一所懸命なんて誰でもできる簡単なことであって、ちっとも特別ではない。その一所懸命を何回出せるか、どれだけ続けられるかによって、差がつくのである。

若いうちは一所懸命も良い？

若い人は、まだ自分自身の性能がわからない。測ったことがないし、それに性能そのものが成長によって大きく変化している。

自分の一所懸命はどれくらいなのかは、やってみないとわからない。つまり、エンジンがどこまで回るのか、一度レッドゾーンを経験する必要があるかもしれない。その意味では、一所懸命になる価値はある。己を測ることで、その後の計画が立てやすくなるだろう。

ところで、沢山の人が今では、「一生懸命」を言っているし、書いてもいる。「一生」命懸けなんて、「そりゃ大変だ」と、僕などは思う。のんびり生きたい方である。

第46回 いつまでも子供でいたい

大人になりきれない

僕は今年で還暦だ。六十年間も生きてきたなんて信じられない。若いときには、せいぜい五十までだろうと踏んでいた。まちがいなく、僕史上最大の快挙というか、明らかに最長生存記録である。

冗談はさておき、この歳になっても、自分が大人になりきれていないと感じることがしばしばである。というのも、奥様（あえて敬称）から、「君は子供だ」とさんざん指摘されてきたので、もうほとんど洗脳された状態ともいえるだろう。

まず、つき合いのある友人や仕事関係の人たちを、なんとなく歳上だと認識する傾向が、僕にはある。二十歳は若いだろうという相手であっても、「先輩だ」と感じてしまう。したがって、自然に目上に対しての応対になるし、相手が昔話をすると、そんな昔の話をされても僕は知りませんよ、とついつい思ってしまう。思わず口に出ることさえある。

これは、若いときから一貫している（もちろん、若いときはそれで良かった）。僕は目上の人間に接する方が自然の自分でいられる。たまに後輩などが相手だと、どうもしっくりこない。大学の教官だったときには、周りはみんな若者だったけれど、この場合は「お客さんだ」という意識を持った。それも、相手を上に見る意識からだろうと思う。乱暴な口をきくようことはなかったし、できるだけ丁寧に接していた。

どうも、自分は人間として未熟であって、将来のために日々練習に励んでいる途中だ、という意識がある。逆にいうと、今は本番ではない、という観念をずっと抱いているから、諦めも早いし、失敗しても「また今度」「いずれは」みたいにすっと割り切れるのである。自分の子供たちに対してさえ、今ではほのかに尊敬している。しっかりしているなあ、頼りになるなあ、親の顔を拝みたいものだ、という気持ちになったりする。

このような意識がどうして生まれたのだろうか、とときどき考えてみるのだが不明である。ただ、少なくとも、自分を周りよりも低い位置に置くことで精神的な安定を得ていた、とはいえるだろう。

子供でいることの有利さ

「子供」という形容を大人に対して使った場合、普通はマイナスの意味になる。たとえ

線路を自由に横断する兄弟。
停車中の車両は、
内部に乗り込んで運転する。
ボディはベニヤ製。

ば、「大人の対応」と言えば良い意味だが、それができない不完全さを「子供」という言葉に込めるのが一般的だ。

けれども、その「大人の対応」が具体的に何かといえば、つまりは周囲に同調し我慢をする、そうすることで株を上げて周囲の信頼を得る、みたいな発想であって、結局は自分にとってプラスになるという打算を働かせている。一方で、子供というのは、とにかく素直であり、あとさきを考えず思いついたことをやろうとする。他者からどう思われようが知ったことか、という感じだ。

前者は空気を読むこと、後者は自分に素直なこと、と抽象化できるだろう。これが使い分けられるならば、それこそ理想的であるけれど、普通は前者をずっと貫く。自分のためになると信じて我慢をし、ストレスばかりを溜めたりする。自分は大人なのだ、と何度も言い聞かせている。そうしないと破滅的な結果が待っているように恐れているからだ。

本当にそうだろうか?

あるとき、我慢ができなくなって、その「大人」を放棄し、自由な「子供」みたいに飛び出していく人がいる。そういう話を幾つか聞いてきた。そして、その子供たちが、みんな幸せそうな笑顔なのを見た。

一方で、空気を読み続ける「大人」たちはどうだろう。楽しそうに笑っているだろうか。笑っているとしたら、酔っているときだけなのでは? 否、酔っているときだって、愚痴ばかりの大人が多いこと多いこと。いったい、誰のためにそんなに我慢をしているのか、と不思議だ。

周囲の人間と喧嘩をしろと言うつもりはない。一人で遊べない大人の方が、人間関係で難しくなる。子供は一人で遊べるし、誰とでも遊べる。馬が合うとか、合わないとか、そんなことは考えてもいない。

大人は、例外なく、かつては子供だった。学んで、苦労をして、大人になったはずなのに、本当に子供よりも賢くなったのだろうか？

どんどん良くなっている

僕自身は、子供のときは楽しかったなんて感じたことはないし、また若い頃に比べても、今の方が幸せだと思う。つまり、過去のどの状態よりも今が一番良い。昔に戻りたいなんてまったく思わない。

それは、僕だけではない。日本も、社会も、かつてよりも今の方が良い状態に、僕には見える。

きっと、これからも、まだまだ良くなっていくだろう。

第47回

後悔する人は後悔したい人

後悔を恐れているか？

僕自身は、後悔というものを滅多にしない。数年に一度くらいだし、しかもそんな大袈裟なものではなく、「昨日はちょっと食べ過ぎたかな」というレベルである。

どうして後悔しないのかといえば、いちおう自分で判断をしたからであり、それなりの理由があったからだ。判断が間違っていたとしても、その理由ならしかたがない、と処理する。判断が間違っていたのは、その時点で情報が不足していたからであって、その条件ではやむをえない判断だったことになる。だから、後悔とはならない。

もちろん、忘れ物をしたり、ちょっとしたミスをすることはしょっちゅうであって、いちいち後悔するほど立ち止まらない。一瞬苦笑してお終いである。

たぶん、後悔というものを僕は非常に恐れているから、後悔しないように事前に考える癖がついた、といえると思う。

世間の人の発言を、最近はネットでいろいろ覗き見ることができるのだが、わりと大勢が真剣に後悔しているようなのだ。抽象的に書くと、現在こんな困った事態になっている。こんなことなら、あのときああしておけば良かった。そんな呟きが多数だ。悩みを抱えている人のほとんどが、なんらかの後悔をしている。そして、以後こんなことにならないように注意をしよう、皆さんも気をつけて下さい、と周囲に語っているのである。

そんな様子を見て、僕は、「この人たちは全然ダメージを受けていないな」と感じる。つまり、ダメージを受けない能力があるから、なるようになれば良い、と適当に判断してしまったのだ。彼らに比べると、僕は判断ミスがあればダメージを受ける。だから、考えに考え抜いて、これだけ考えたのだから、もう後悔する事態になっても自分を許せる、というレベルに持っていくのだ。

これらから言えることは、後悔する人は、後悔を恐れていないし、判断ミスでダメージを受けない性格だからこそ、後悔してしまう事態に陥る、ということである。

これを、「後悔したい人」と言いきってしまうのは、いささか飛躍しているかもしれないが、それでも、ある意味、後悔したい、という無意識の願望が、そうさせているようにも見えてしまうのである。

悲劇のヒロイン願望

悲劇願望は、架空のものであって、現実に存在するはずがない、と考えている人は多いかもしれないが、そんなことはない。誰にでも多かれ少なかれある。被害者意識みたいに扱われることもあるだろう。あまり直接的に書くと、方々から非難されそうだが、つまり、自分を貶めて、同情を買いたい、みんなから注目されたい、「可哀相だね。元気を出しなさい」と慰めてほしい、そんな感情が存在する。きっと幼いほどあるし、また、もしかしたら老人ほどあるかもしれない。ようするに、弱者の心理ともいえるだろう。

人知れず後悔するならわかるが、近頃では後悔を公開するから、その感情が働きやすくなる。たとえば、かつてに比べて、病気なども公表する芸能人が増えた。不具合をすべて晒《さら》してしまう。恥ずかしいものではない、という主張も多く聞くところである。本当だろうか？

僕は、差別はいけないと思う。事実、自分では差別をしないつもりである。しかし、なんらかのマイナスを抱えている本人は、恥ずかしいと思うのが自然なのではないか。恥ずかしがらなくても良いですよ、と声をかけるのはわかるが、それでも恥ずかしいと感じるのが本当だろう。

第47回
後悔する人は
後悔したい人

石炭を焚いて走る
蒸気機関車は、
準備も後始末も
大変なので日を選ぶ。
その分、満足度は大きい。

したがって、後悔しています、と主張するように告白する人は、どうも素直に受け止められないのだ。本当に後悔しているなら、内に秘め、今後は後悔しないように生き方を改めるべきだ。そして、それが取り戻せたと思ったとき、実はこんなことがあった、と初めて語れば良い。

失敗しました。これからやり直します、では信用できない。すっかりやり直してから語ってほしいのである。信頼とは、そんな意気込みだけで簡単に築けるものではない。

工作で失敗が多い

僕はとにかく不器用なので、工作では満足のいく結果になったことはない。必ずミスをして、不満なままで完成する。けれども、あのミスがいけなかったな、と後悔することはない。まあ、自分はこの程度の腕だろう、という観測をするだけだ。

大好きな作業を仕事にしなくて本当に良かった、とも思う。

上手くいかなくていらいらしたことは数知れないが、そのいらいらが、むしろ次の工作への原動力になっている。不満だから厭きずに続けられるのだろう、きっと。

第48回 未知こそが教養である

知らないことの素晴らしさ

知識を沢山持っていることが教養だと信じている人がいるが、それは間違いである。有名な格言にもあるが、自分がいかに知らないかを知っていることこそが教養といえる。

知っているから思い上がり、油断をし、そして考えなくなる。もし知識量が偉さならば、人間よりも辞書が偉い。辞書は自分が「知らない」という意識がないし、自分で考えない。だから、教養が高いともいえない。辞書は生きていない。それが、知識というものの限界でもある。

「知らない」という意識は、知ろうとする動機になり、ほとんど「生きる」と同じ意味や価値がある。知らないから考え、知らないから努力をし、知らないから知るための努力に心を打たれる。

「未知」という言葉は、知ることへのベクトルを感じさせる。自分は知らないが、しかし、「まだ」知らないだけだ。いつか、それを知ることになるだろう。その希望が、人を前進させる。きっといつかは、という気持ちで、人間はここまで来た。

結局、知ったときには、もっと知らないことに気づくのだが、それは少しの間は忘れよう。とりあえず、明日のゴールを思い浮かべて、今日はほんの少し辛いことを我慢する。

道は、歩かなければ行き着けない。道が人を運んでくれるのではない。人を歩かせるものは、道を見ている目、見えない先まで思いを馳せる頭、そして、一歩ずつ繰り返し交互に前に出る足である。

道の先にあるものは未知だ。なにかがありそうな気がする。この予感が、人を心を温める。温かいことが、すなわち生きている証拠だ。

したがって、行き着くことよりも、今歩いている状態にこそ価値がある。知識を得たことに価値があるのではなく、知ろうとする運動が、その人の価値を作っている。

たとえば、人生という道だって、行き着く先は「死」なのだ。死ぬことがこの道を歩く目的、価値ではないことくらい、きっと誰でもわかっているだろう。

最後の雑誌連載

六年まえ、二〇一一年の秋から、月刊誌『ＣＩＲＣＵＳ』で連載を始めた。それ以前か

第48回
未知こそが教養である

犬たちは鉄道に
乗り馴れていて、
乗せたら降りようとしない。
「楽」というものを知っている。

ら、連載の仕事は極力受けないことにしていたが、この雑誌の読者層は社会人になったばかりの若者が中心と聞き、それまでの仕事とは少し違った内容が書けそうな気がして引き受けた。結果的に、雑誌連載はこれが最後になった。

たしか、夏に開催されていた国際鉄道模型コンベンションの会場で、編集長と編集者に会った。東京のお台場《だいば》である。そのコンベンションに、僕は自分の模型を展示していたからだ。話を聞くと、一回の連載は二千文字程度で、四十八回、つまり四年でどうにか一冊の本にできる、という。僕はそのとき、「四年も雑誌が続きますか?」と尋ねた。

連載が始まって、ほぼ一年後に、この雑誌は休刊になってしまった。十二回まで書き、十一回までが掲載されたが、そこで一旦終了。本にするには量が少なすぎるので、他社で出版というわけにもいかなかった。

まあ、なにか機会があったら使おうと考えて、棚上げにしたまま四年ほど過ぎた。『CIRCUS』を出していた出版社から、ウェブ連載の依頼があり、「道なき未知」を続けてほしいとのことだった。この連絡をしてきたのは、一度だけ会った当時の編集長S氏だった。

その後、隔週で連載を再開し、第四十回までをネット公開した。残りの八回分を書き加えて、出版することになったのである。したがって、最初の文章が六年もまえのものになった(写真も当時のものだ)。

この間、日本社会の仕事環境は、だいぶ変わったかもしれない。ブラックな職場を排除しようという気運が高まったし、実情は知らないが、きっと以前よりは多少は良い方向へ進んでいるのだろう、と想像する。

相変わらず不景気だが、不景気さにも慣れてきた、というのが多数のように見受けられる。ミスや失言に寄ってたかって炎上させるのも、パターンがわかってきて、みんなが注意をするようになったみたいだ。

連載を始めるときに書こうと考えたことを思い出しつつ書いたけれど、自分としては、やや言いすぎだろう、と感じることが多かった。でも、言いすぎるくらいでないと聞いてもらえない世の中なのだ。

ますます引き籠もりに

そして、僕自身は、この数年でますます引き籠もった。今は完全に鳴りを潜めた生活である。ＳＮＳは一切やらないし、マスコミの取材もお断りしている。出版社の人にも、二、三人の例外を除いて会うことはなくなった。この状況は望んでいたものであり、毎日がとても楽しいことだけを最後に書いておこう。

ブックデザイン　鈴木成一デザイン室

森博嗣　もり・ひろし
1957年愛知県生まれ。工学博士。某国立大学工学部建築学科で研究をするかたわら、1996年に『すべてがFになる』で第1回「メフィスト賞」を受賞し、衝撃の作家デビュー。以後、続々と作品を発表し、現在までに300冊以上の著書が出版され人気を博している。小説に『スカイ・クロラ』、『ヴォイド・シェイパ』、『ダマシ×ダマシ』、『青白く輝く月を見たか？』など。エッセィに『自分探しと楽しさについて』、『小説家という職業』、『科学的とはどういう意味か』、『孤独の価値』、『作家の収支』、『夢の叶え方を知っていますか？』などがある。

道《みち》なき未知《みち》 Uncharted Unknown

二〇一七年一一月二五日　初版第一刷発行
二〇一七年一二月二五日　初版第二刷発行

著者　森《もり》博嗣《ひろし》
発行者　栗原武夫
発行所　KKベストセラーズ
〒一七〇-八四五七 東京都豊島区南大塚二-二九-七
電話〇三-五九七六-九一二一
http://www.kk-bestsellers.com/
印刷所　錦明印刷
製本所　ナショナル製本
DTP　オノ・エーワン

ISBN 978-4-584-13824-3 C0095